最不ノ杜《もふのもり》のお稲荷様と水神様

小中大豆

JN267288

AZ BUNKO
イースト・プレス

CONTENTS

illustration 中井アオ

最不ノ杜のお稲荷様と水神様

序

夢に見るのはずっと昔の出来事、今は記憶の底に沈んだ、彼自身の思い出だ。

風に揺れる黄金《こがね》の稲穂、赤とんぼ、村の子供が唄《うた》う童唄。

『カエルが鳴くからかーえろっ』

田んぼの向こうに日が沈む頃、子供は一人、また一人と帰っていく。

『またね。また明日遊ぼうね。ちゃんとおうちに帰るんだよ』

子供たちはそう言って手を振るけれど、彼には帰る家がない。

夕餉《ゆうげ》の匂《にお》いを嗅《か》いでも、食べる物がない。

(ひもじい、寂しい……)

暗い土穴に丸まって、ひもじいお腹を抱えて泣いた。尻尾《しっぽ》をしゃぶるとほんの少しひもじさが薄らいだが、代わりにとても悲しくなった。

寂しい、寂しい。

『……。……や。泣くんでないよ』

どこからか、優しい声がする。冷たく凝《こご》った彼の遺骸《いがい》を、誰《だれ》かの手が優しく撫《な》でた。

（……ぬくい）

土に汚れた毛並みを、皺《しわ》くちゃの温かい手が何度も撫でる。

『泣くんでないよ。もうひもじくない。もう寂しくなかろう』

温かい手が撫でてくれたから、寂しくもひもじくもなくなった。

『それじゃあお行き。向こうはぬくくて、お腹もすかない。少しも寂しくないところだ』

節くれた小枝のような指が示した方に、柔らかい暖かな光があったけど、彼はなぜだか行きたくなかった。

『まだ行きたくない。ここにいさせてください』

どうしてなのかはわからない。それでも必死に頼んだ。手の主はにっこり笑った。

『お前が言うなら仕方がない。ここにいられるようにしてやろう。また冷たくならないように、少しだけど力もやろう。だけどゆめゆめ、人を化かしたり、いたずらなどするんでないよ』

それで彼には再びぬくもりが戻り、ほんのわずかばかりの神通力が備わった。

一

神様の朝は早い。いや、早くない神様もいるが、少なくともこの『最不ノ杜《もふのもり》神社』の稲荷神、夜古《やこ》は早起きだった。

まだ日の昇りきらないうちに起き、夜具を畳んでまず本殿の中を掃除する。自分の居住空間を綺麗《きれい》に整理整頓《せいとん》するのが、『できる神様』の基本だ。

寝る前に読んでいた漫画本を行李《こうり》に戻し、雑巾《ぞうきん》で床を拭《ふ》き清めてから、今度は清水で顔を洗って身支度をする。

といっても、着物は好みのものを自在に出して脱ぎ着できるので、あとは髪や尻尾の毛を手入れするくらいだ。

お気に入りの柘植《つげ》の櫛《くし》で丁寧に梳《くしけず》ると、尻尾はふっくらと艶《つや》やかになった。神様が寝癖などつけていたら笑われてしまうから、面倒だけど髪の毛の方もきちんと梳《す》き上げる。

「うん、これでよし」

最後に手鏡で確認すれば、身支度は完了だった。

「しかし、もう少し大人っぽくならないものか」

丸い漆塗りの手鏡の中には、夜古のしかめっ面が映っている。

ずっと昔、神様になる以前は狐《きつね》であった夜古は、若い男の人形《ひとがた》を取りながら、狐の耳と尻尾が備わっている。

頭からぴんと伸びた三角の耳は大きくて立派だし、着物の裾《すそ》から覗《のぞ》く黄金色の尻尾も、たっぷりとして見事だったが、それ以外の人形の部分がどうにも貧相なのだ。

白い細面に小さな唇、鼻も小ぶりでツンと上を向いており、目だけがくりくりやたらと大きい。手足もひょろりと細かった。人でいえば、青年と少年の間くらいに見えてしまう。

黒い髪を肩先まで伸ばしているのだが、人前に出ると「お嬢ちゃん」と呼ばれたりする。それで「お嬢ちゃんではない」と抗議をすれば、「坊やだったか」と言われるから、さらに屈辱だった。

神様も年を取る。年を重ねれば重ねるだけ、それなりの風貌《ふうぼう》になる。ところがどうも、夜古は年より若く見える性質《たち》らしい。人でいうところの「童顔」というやつだ。

この間など、神社の一人息子と喧嘩《けんか》をしたら、

『夜古様。昔はどうだか知りませんが、この現代社会じゃ、夜古様はスーパーでお酒も買えませんよ。見た目がまるっきり未成年なんですからね』

と、嫌味を言われた。赤ん坊の頃におしめを替えてやった恩も忘れて、無礼な男である。

「思い出したら腹が立ってきたな。掃除、掃除」

夜古は独りごち、本殿を出て境内の掃除をすることにした。心を鎮めるには、掃除をするに限る。

朝から神様がプリプリしていたのでは、神社の格が落ちるというものだ。神社の格は、そこに祀《まつ》られる神様の力で決まるのだから。

朝靄《あさもや》の中、掃除道具を持って本殿を出ると、境内には湿った木や土の清々《すがすが》しい匂いが立ち込めていた。

木々の合間に雀《すずめ》の鳴く声が聞こえる。夜古が懐に入れておいた袋から米粒を取り出して少し撒《ま》くと、待ってましたとばかりに雀たちが降りてきた。

『夜古様、おはようございます』

年嵩《としかさ》の雀があいさつする。周りの雀たちもピチュピチュとそれに倣った。

「うむ、おはよう」

鷹揚《おうよう》にうなずくと、掃き掃除を始めた。「最不ノ杜神社」はそれなりに大きな神社で、敷地も広い。境内だけでも相当なものだ。

なだらかな小山を形成する「最不ノ杜」の裾に鳥居があり、そこからまっすぐ石畳の階段が伸びていて、上りきったところに、また鳥居が立っていた。神社によく見かける狛犬《こまいぬ》や狐の像は、この神社にはない。

二本目の鳥居をくぐると、参拝客が手を洗い清める手水舎《ちょうずや》があり、正面には拝殿、隣に社務所が建っている。

夜古の住む本殿は、拝殿のさらに奥にある。拝殿よりもだいぶこぢんまりした造りをしているので、参拝客には気づかれないことが多かった。

社務所とは屋根続きの民家には、この神社を代々切り盛りする宮司一家が住んでいる。この宮司一家と、通いの数名の職員、それから月に何回かやってくる植木職人たちで、神社を綺麗に整えている。その他にも、年に何度か氏子やボランティアが訪れて、手が回らない杜の手入れなどをしていた。

杜の広さを考えれば人手は多くはない。それでいつも同じように綺麗に保ち続けるのは、なかなか大変なことだ。

夜古も以前は自分が生活している本殿を掃除するだけだったが、神社の職員の一人が身重で辞めてからは、境内の掃除を手伝うようになっていた。

「うーん、やっぱり春先は、草が伸びるのも早いなあ」

これから夏にかけて、ぐんぐん草が伸びていく。数多《あまた》の命が生まれるのもこの頃で、楽しみな季節ではあるものの、掃除がさらに大変になりそうだ。

一通り境内を掃き清めると、遠くの方でゴーン、と朝を告げる鐘の音がする。同じ町内にある寺の鐘だ。朝と夕方に鐘を突くので、時間を知るにはなかなか便利である。

「働いたら腹が減ったな。どれ、朝ごはんを食べにいくか」

神様は物を食べなくても死なないが、人の作った食べ物は神様にとっても美味なものである。特にここの宮司の妻が作る料理は美味《おい》しい。それで夜古は何かと理由をつけて、人間の食事を所望しに宮司の家を訪れるのだった。

狐の耳も尻尾もそのままだ。宮司の一家も職員たちも、夜古の姿は見慣れているので、驚かない。

うんと昔は姿を消して移動したり、人前に出る時は耳と尻尾を隠したりしていたが、宮司の一家が代々、当たり前のように神様の夜古と接しているせいか、この辺りの人々もいつしか、そういうものだと夜古の存在を受け入れるようになった。

お蔭《かげ》で今では、元の姿のままで境内をうろつくことが多い。参拝客の前ではさすがに耳と尻尾は隠しているが、うっかりしまい忘れて見られてしまっても、慌てない。

宮司の息子に教えられた通り、

『こすぷれです』

と言えば、どういうわけかまかり通る。

若い女など、きゃいきゃいと喜んだ。いつの世でも、女の考えることは理解し難い。しかし、参拝客が喜ぶなら重畳だ。

社務所の裏手に回って『守田《もりた》』と表札のかかった宮司の家の前に立つと、中からちょうど宮司の妻、美和子《みわこ》がゴミ袋を提げて出てくるところだった。

「あら夜古様、おはようございます」

夜古の姿を見るなり、美和子はその名の通り、美しくおっとりとした微笑《ほほえ》みを浮かべた。

「そろそろ呼びにいこうと思ってたんです。朝ごはんができてますよ」

「ありがとう。俺がゴミを捨てにいこうか」

手を差し出すと、美和子は「いいんですよ」と笑った。

「神様にゴミ出しなんかさせられないでしょ。それより早く食べちゃってくださいな。お皿が片付かないから」

「う、うむ。わかった」

「ちゃんとサラダも食べるんですよ」

「俺は好き嫌いなどしないぞ。お前の息子とは違うのだ」

ムッとして言うと、美和子は「はいはい」と、笑いながらゴミを捨てにいった。

「まったく、神をなんだと思っているんだ」

美味しいものを食べさせてくれるのはいいが、他所《よそ》の土地から嫁いできた美和子は、どうも未《いま》だに夜古を人間と混同しているようだ。身体《からだ》にいいからと、食べたくないものまで食べさせようとしてくる。

出されたものはなんでもありがたくいただくが、正直に言えば、生の葉っぱはあまり好きではない。

それでこっそり宮司の皿に葉っぱを盛ったりすると、「好き嫌いしたら大きくなれませんよ」などと叱《しか》られる。それに宮司も宮司の息子も、ニヤニヤ笑って追随するのだ。

「俺はこれで十分大きいのに。ちょっと童顔なだけで」

「夜古様、何ブツブツ言ってんですか。もう朝ごはんできてますよ」

玄関で文句を言っていると、廊下の奥から眼鏡《めがね》の小柄な青年が顔を出した。宮司の息子、清太郎《せいたろう》である。

「あ、うん。今行く」

食堂に入るとパンの焼けるいい匂いが部屋を満たしており、清太郎が夜古のマグカップに鍋《なべ》で温めた牛乳を注いでいるところだった。

「紀一郎《きいちろう》はもう出かけたのか」

いつもはこの時間にいる宮司の姿がない。

「父さんはまだ寝てます。昨日は町内会の寄合で遅かったから。ほら、今年の秋祭りの件で」

紀一郎はこの『最不和町《もふわちょう》』の町内会で副会長を務めている。秋祭りは『最不ノ杜神社』の神を祀る年中行事であるとともに、町内のビッグイベントでもあった。地元の商店街も協賛し、規模も年々、大きくなっている。

「ふうん。こんな早い時分から話し合うのか。ご苦労様だな」

「どういたしまして。町の一大イベントですからね。じゃあ食べましょう」

二人で手を合わせて朝食を食べ始めた。

守田家は、宮司の紀一郎と妻の美和子、それに一人息子の清太郎の三人家族だ。

紀一郎の父で先代の宮司は、清太郎が子供の頃に亡くなった。その妻はもっと前に他界しているから、清太郎は顔も覚えていないだろう。

人間とは不思議なものだと、夜古は思う。向かいでテレビのニュースを見ている清太郎は、学生に見えるが今年で二十四歳だ。

去年大学を卒業して、実家の家業を手伝うようになった。今は宮司の次の禰宜《ねぎ》という役職についている。神社の氏子たちの話によれば、なかなかやり手らしい。子供の頃は神童と呼ばれていたくらいだから、頭がいいのだろう。

ただ、この頃は夜古に対して生意気な態度を取ることがあるのはいただけない。ちょっと前まで、「ヤコしゃま、ヤコしゃま」と拙《つたな》い言葉づかいで、夜古の後をよちよちついてきたのに。

父親の紀一郎もそうだった。赤ん坊の頃は病気がちで小さかったのが、いつの間にかぐんぐん背が伸び、剛健な身体になった。

今は頭に白いものが混じり、夜古に対して息子と同じような話し方をすることがある。

そのまた前の先代は……。

「あ……」

不意に目がくらんで、夜古は手にしていたトーストを取り落とした。

「何やってるんですかもう。そそっかしいですねえ」

文句を言いながら、清太郎はジャムがべっとりついた夜古の手を、濡《ぬ》れたおしぼりで拭いてくれた。

「すまん。ちょっと昔のことを思い出していて」

「またですか？　眩暈《めまい》がするからやめときなさいよ。食べながら考え事するなって、母さんに叱られますよ」

「う、うむ」

清太郎がジャムを塗りなおしてくれて、夜古は再びトーストに齧《かじ》りついた。

夜古には過去の記憶がない。ずっとずっと昔の、神様になる前のことは覚えている。けれどいつ頃からか、今と昔の合間にある記憶があやふやになってしまった。思い出そうとすると、こうして眩暈を起こす。

それを知っている守田家の人々は、無理に思い出すことはないと言う。別に合間の記憶がなくったって、神様稼業に支障はないでしょう、と。

「ああ、そういえば夜古様。今日はちょっと、お使いを頼まれてください」

「なんだと。神に使いを頼むとはいい度胸だな」

清太郎から言われて、警戒した。彼は何かにつけて、夜古をこき使おうとする。曰《いわ》く、

「人件費がタダだから」だそうだが、タダだからと使い倒されてはかなわない。

「俺だって暇ではないんだぞ。絵馬や祈禱《きとう》の中身を検《あらた》めねばならないし、杜の見回りにもいかなければならないのだ」

神様が本殿でゴロゴロしているだけだと思ったら、大間違いだ。中にはそういう自堕落な神社もあるかもしれないが、夜古は参拝した者に少しでも利益があるよう、率先して絵馬や祈禱の中身を確認し、それぞれに夜古の持つ力を込めている。

それでただちに願いが叶《かな》うわけではない。神様の利益は、ゆっくりと穏やかに作用するものだ。それでも一人でも多くの人の願いが叶うように、日々、努力していた。

「わかってますよ。ほんのついでですってば。杜を見回るついでに、水神様の祠《ほこら》に行ってきてほしいんです」

「え、水神」

水神様、と聞いて、夜古はにわかに動揺した。清太郎はそれを見透かすように、眼鏡の奥の目を細めて笑う。

「昨日の寄合で、父さんが町内の人からお酒をもらってきたんです。山形のお酒だそうですよ」

紀一郎の顔が広いのもあって、神社ではお供え以外にも頻繁にもらいものをする。食べ物などは夜古も食べるが、基本的には守田一家や神社の職員たちに振る舞われた。

酒は受贈品の最たるものだ。紀一郎も酒好きだが、それよりさらに酒好きな者がこの神社にいるので、良い酒が入るとそこへ渡しにいく。

「俺は今日、地鎮祭があるんで忙しいんです。夜古様、お願いしますよ。夕ごはんに油揚げを焼いてあげますから」

「む……『笹川《ささがわ》豆腐店』の油揚げだろうな？」

「もちろんです。うちはあそこでしか買いません」

香ばしい油揚げの味を思い出し、耳がひとりでにピクピクした。『笹川豆腐店』の油揚げは、夜古の大好物だ。ここは豆腐も美味《うま》いが、油揚げがまた格別だった。外をかりっと焼き上げて、醤油《しょうゆ》を一滴たらして食べるのは至福である。

「そういうことなら。行ってやらんこともない」

忙しい身ではあるが、と勿体《もったい》ぶって言う。

「ありがとうございます。さすがは夜古様」

わざとらしい奴め、と思ったが、心はすでに油揚げへと飛んでいた。


朝ごはんを終えると、清太郎に酒瓶を持たされ、さっそく水神の祠へ出かけることにした。

祠へ行く前に手水舎の水に映して、自分の姿を確かめる。耳をピンと立たせ、尻尾を擦《こす》って空気を入れ、ふかふかに膨らませた。

「よし」

祠は手水舎の脇《わき》にある小道を下りた、杜の中にある。末社と呼ばれる、この神社のいわば付属の社で、いつ頃からかひっそり祀られていた。

道の入り口には一応、『最不ノ杜水神』と書かれた矢印が立っており、道も石畳で舗装されてはいるが、細いし傾斜があって滑りやすい。

道の奥へ行くほど薄暗く、人を寄せつけない雰囲気があって、神社の者も掃除や杜の手入れを除けば、滅多に行くことはなかった。

道の終わりに岩タバコの生い茂る岩の祠があり、それが水神の住まいだった。脇には清水の湧《わ》く小さな池がある。

「相変わらず鄙《ひな》びた場所だな」

周囲を見回して、夜古はつぶやいた。

祠の周りには樹木が鬱蒼《うっそう》と生い茂り、土も青々と苔生《こけむ》している。これはこれで風情があるけれど、隅々まで手入れされた本殿の周りと違い、どこか打ち捨てられた感じがあるのは否めない。

もっと人の手を入れさせればいいのにと思うが、祠の主は人間が周りで騒がしくするのを嫌った。

「しかし、神がショボいと祠もショボくなるものだな。俺も気をつけねば」

「ショボくて悪かったな」

夜古の声に呼応するように、祠の中から着物姿の偉丈夫が現れた。水神の蠒雨《じう》である。鱗《うろこ》のような銀の髪に金の瞳《ひとみ》を持つのは、彼が蛇神であるからだ。同じ男神でも、童顔の夜古と違い、麗しくも雄々しい大人の姿を取っている。

着流しの襟元をしどけなくはだけているのに、夜古はわけもなくドキドキしてしまい、視線を彷徨《さまよ》わせた。

だが当人はそんな夜古の態度には頓着《とんちゃく》せず、面倒くさそうにボリボリと頭を掻《か》いている。今まで寝ていたのか、眠たそうに欠伸《あくび》をした。

「うっ、酒臭いっ」

途端、こちらまで酔いそうなほどの酒気が漂ってくる。夜古がバタバタ手で扇《あお》ぐと、「うるさい」と顔をしかめた。

「それで。本殿の稲荷神様ともあろうお方が、こんな末社までなんの用だ」

いかにも迷惑そうな嫌味っぽい声に、夜古の心はしゅんと萎《しぼ》んだ。だがここで怯《ひる》んでは、本殿の威厳が揺らぐ。

キッと相手を見返すと、持っていた酒瓶を相手の前に差し出した。

「宮司からだ。町内会でもらったのだそうだ。俺は酒はあまり好かんからな。お前にくれてやろう」

　酒と聞いて、霆雨の目が興味を示す。だが偉そうに言う夜古に、「ふん」と鼻を鳴らした。

「お前はまた、人間に使われてるのか。これではどちらが神だかわからんな」

「お、俺は自らの意思でやっているのだ。人に使われているのではない。神のくせに酒を飲んでゴロゴロしてばかりで、神格を落とした貴様に言われたくないわ」

「なんだと」

　金の目がぎろりと光る。たったそれだけの所作で、夜古の尻尾がびくっと震えた。どうしてか、霆雨に睨《にら》まれると怖いと思ってしまう。

　本殿の神と、末社の神。彼は夜古の土地に間借りしている、いわば居候の身だ。力としてはこちらの方が格段に上のはずなのに、霆雨に対してはこうして時々、得体の知れない畏怖《いふ》を覚えてしまう。

（怯んでは駄目だ。俺は『最不ノ杜神社』の本殿に祀られる稲荷神なのだぞ）

　片田舎の神社ながら、ご利益があると評判の神社だ。人の手が入らなくなって朽ちていく社も多い中、ますます隆盛を極めるのは、ひとえに夜古の力によるものである。

「俺は毎日頑張っているのだ。隠居じじいにとやかく言われたくない」

「……隠居じじい」

この物言いには、さすがに霆雨も絶句した。

と、「ぷぷっ」と誰かの笑う声が聞こえて、祠の奥からもう一つ、人影がゆらりと姿を現した。

「夜古様も言いますねえ」

その声に聞き覚えがあって、夜古はどきりとする。

「あ、お前は」

男の人形を取ったそれは、「おはようございます」と言うと、霆雨の隣にするりと寄り添うように並んだ。

およそ朽ちかけた祠に似つかわしくない、黒のレザースーツを身に纏《まと》った、細身の青年。神ではなかった。翠《みどり》という、この辺りをうろつく烏《からす》である。元はどこぞの神の眷属《けんぞく》だったというが、今はどの神にも属さず、自由気ままに過ごしている。

マイペースな霆雨と気が合うようで、この祠に遊びにきているのを、これまでもたびたび目にしていた。

わずかな妖力《ようりょく》を持つばかりの、ただの化け烏だが、外見だけなら神の夜古よりずっと年上に見える。すらりとした美形で、細身の身体からは得体の知れぬ色香を醸していた。

（こやつら二人きりで、今まで何を……）

祠の奥は暗く、中は見えないが、何やら淫靡《いんび》な空気を孕《はら》んでいるように思える。しどけなく寝乱れた二人の格好が、夜古の想像を裏づけているようでもあった。

夜古の視線に気づいたのか、翠はふふっと笑って、璽雨の身体にさらにすり寄るような仕草をした。媚《こ》びるような上目遣いで隣の男神を見る。

「ねえ、璽雨様。奥でもうちょっと微睡《まどろ》んでましょうよ」

「なんだ、せっかく上物の酒が入ったのに。まだ寝るのか？」

「璽雨様が昨日、なかなか寝かせてくれなかったからでしょ」

意味深なセリフとともに、淫蕩《いんとう》な笑みを浮かべる。璽雨もまた、鋭い切れ長の双眸《そうぼう》をすがめ、ぞくりとするような婀娜《あだ》っぽい表情をした。

それから夜古に視線を移すと、ふん、とつまらなそうに鼻を鳴らした。

「ご苦労だったな。宮司によろしく伝えてくれ」

横柄に言い、踵《きびす》を返すと、璽雨はさっさと祠の中に戻ってしまった。ぽかんとしている夜古の手から、翠がさっと酒瓶を取り上げる。

「あっ」

「夜古様、さようなら。ねえ璽雨様、このお酒、璽雨様が好きな銘柄ですよ」

はしゃいだような声を上げながら翠が後を追い、ダン、とひとりでに祠の石戸は閉まった。

そうなっては中で何をしているのか、外から知るすべはない。夜古の住まう本殿と同じく、中は別の空間が広がっているはずだ。二人はそこで、寝なおすのか、酒盛りを始めるのか。それとも……。

「杜の見回りをせねば。誰かさんと違って、本殿の神は忙しいのだ」

誰もいない池のほとりで夜古はつぶやき、とぼとぼと祠を後にした。

霆雨に会うのは数日ぶりだった。清太郎には仕方がないと言いながら、心の底では浮足だっていた自分に、夜古は気づいている。

「歓迎されると、思ってたわけではないけどな」

本殿の夜古と末社の霆雨、仲がいいのか悪いのかと聞かれれば、間違いなく後者だろう。少なくとも、霆雨は夜古を嫌っている。

いつから、どうして嫌われているのか夜古にはわからない。過去の記憶があやふやだからだ。気づいたら、嫌われていた。

「嫉妬《しっと》か？　嫉妬だな。俺に力があって人気の神だから、妬《ねた》んでいるのだ」

言ってはみたが、そうではないことは、夜古も気づいていた。

『最不ノ杜』の末社に祀られる水の神。霾雨は人間になど興味がない。自分の祠が朽ちかけようとも、なんら頓着していない。ただ己の気の向くままに酒を飲み、浮名を流す。

そう、霾雨は辺りで名の知れた色好みだった。

その美貌《びぼう》と、朽ちた社の神とは思えない得体の知れぬ威厳に惹《ひ》かれて、翠のような妖《あやかし》や近隣の神々が、彼を落とそうと躍起になっているという。

霾雨はそんな相手から後腐れのない相手を選んでは、気ままに情交を楽しんでいると噂《うわさ》だった。

ただの噂だと、何度自分に言い聞かせたことだろう。けれどそんな夜古を嘲笑《あざわら》うかのように、霾雨は今しがたのような艶めいた場面を見せつける。

夜古が密《ひそ》かに心を痛めていることに、気づきもしないで。

(違う。これは違う。俺はただ、同じ神社の神として、奴を憂いているだけだ)

悲しいから、夜古は自分の気持ちになど気づきたくなかった。

神社の隆盛は、祀られる神の力で決まる。

強大な力を持つ神は、その力で周囲に利益をもたらし、人心を集める。人や神社に自ら進んで寄進し、神社は潤《あが》うようになる。

そして人が神を崇め祀るその信仰は神の糧となり、力をより確かなものとするのだ。

「じゃあ人気がなくて参拝客が減ると、神様も力が弱くなっちゃうってことですか」

清太郎が手元の作業から顔を上げないまま、隣の夜古に尋ねる。夜古も下を向いて作業を続けながら、「そうとも言えるし、そうでないとも言える」と答えた。

「力は弱くなるが、だからと言って、その神が元々持っている能力がなくなるわけではない。木や花も、陽の光に当ててやらないと、すぐに枯れるわけではないが元気がなくなるだろう。我々もヘロヘロになって力を使う気もなくなってしまう。まあそれでも、死ぬわけではないが」

「ん？　でも力があるから人心を集められるんですよね。弱っちい神様はそもそも原資がないんだから、いつまでも集客力が弱いままってことじゃないですか。貧乏人はずっと貧乏ってことですか。不公平だな。資本主義社会の闇《やみ》ですね」

手元の紙を折りながら、清太郎が不可解な文句を垂れる。

「お前は金儲《もう》けの話が好きだな。元の力が弱くとも、人が心を寄せる神はいるぞ」

夜古は、町内の外れに祀られた道祖神を思い出す。いつの頃からあるのかわからない、雨風にさらされてつるりとした石のようになっているそれには、古い路傍の神が棲《す》みついている。
路傍の神は己のいる四辻を守る程度の力しか持たないが、それでもずっとそこにいて、辻を通る人々を見守っている。そこを通学路にしている子の親や、近所に住む年寄などがたまに来ては拝んでいったり、時に花やお菓子を供えたりしていた。慎ましく、優しい神だ。

「ふうん。でもやっぱり、弱いままなんだ。神様って、いつ生まれるのか知らないけど、最初から持って生まれた力の大きさが決まってるんですか？」

「……」

夜古の手元から、ひらりと紙片が舞った。清太郎が「あっ」と声を上げる。

「紙、切りすぎですよ。三分の二までって言ったでしょ。気をつけてくださいよ」

紙代だってタダじゃないんですからね、と清太郎は言うが、神はタダ働きさせるのだ。

夜半過ぎ。灯《あか》りの点《つ》いた社務所の一角で、夜古と清太郎は内職に励んでいた。神事に使う紙垂《しで》を大量に作っているのである。

紙垂とは、玉串《たまぐし》や注連縄《しめなわ》に下がっている紙のことだ。いろいろな場所で頻繁に使うので、こうして空いた時間に作り置きしておく。夜古はその作業に駆り出されていた。

「うう、疲れた。もう、これだけ作ったんだからいいではないか」

水神の祠にお使いにいった後、夕飯には約束通り、油揚げの焼いたのを出してもらった。おろし生姜《しょうが》も載せてもらって、上機嫌で食べていたのに、清太郎に上手く乗せられ、気づいたらこんなことになっていた。

和紙を切っては折り、切っては折りして、作業台には紙垂の束がいくつもできている。もうへとへとだ。

「そうですね。とりあえずはこんなところでいいでしょう。夜古様、お疲れ様」

「うむ。本当に疲れた」

トントン、と肩を叩《たた》いていると、廊下で繋《つな》がっている自宅から、美和子がお茶と夜食の握り飯を持ってきてくれた。

口の中でほろりと崩れる温かい塩握りを、清太郎と二人で頬張《ほおば》る。疲れた身体に日本茶が染みた。

「さっきの話ですけど。神様ってのは、修行とかして強くなったりしないんですかねえ」

「なんだお前。今日はやけに知りたがりではないか」

「最近、研究分野を広げたんですよ。日本の神様も面白いなって思って」

「まったく今さらだな」

清太郎は神社の息子のくせに、大学では西洋の宗教や民俗を研究していた。神職になるのに必要だったので、ある程度は神道の学位も取ったという。

夜古には人間が定めた神職の資格など関係ないが、どうせなら異国の神より、身近な自分たちを研究すればいいのに、と思う。

しかし清太郎は熱心で、大学を卒業してもいろいろと研究を続けているようだ。彼の部屋には世界の国々の信仰にまつわる書物が並んでいる。中には西洋の魔術とか悪魔の儀式だとかの本があって、文字は読めないがゾッとするような気配を放つ古い書もあった。神社にこんなものがあっていいのだろうか、とも思う。

「異国はどうか知らんが、ここいらの神は皆、生まれながらに魂の大きさが決まっているのだ」

夜古は言いながらそっと、自分の腹を撫でる。いつもは意識しないが、手のひらでさすると、じんわりと温かいものを感じる。夜古の中核、人からは宝玉とも呼ばれる和魂《にぎみたま》。

その宝玉の持つ力が、すなわち神々の神格だった。力の大小は変えられない。修験者のように修行をしたからといって、力が強大になるわけではない。

だから生まれ出たその時から、神々の強弱は決まっている。――たった一つの例外を除いて。

「神様ってシビアなんですねえ」

美味そうに茶を啜《すす》って、清太郎はつぶやいた。夜古はハッと我に返り、慌てて立ち上がった。少し、喋《しゃべ》りすぎたかもしれない。

「俺はもう帰るぞ。働きすぎてクタクタだ」

「はいはい。あ、夜古様。母さんがこれ、お土産《みやげ》にって」

籠《かご》いっぱいの苺《いちご》だった。大粒の真っ赤な甘い苺は、夜古も大好きだ。

「たくさんあるな」

「いただきものです。食べられなかったら、水神様にあげてください。あの方も水菓子はお好きでしょ」

清太郎は言って、気障《きざ》っぽく片目をつぶってみせた。

「う、うむ」

今朝《けさ》、璽雨のところに行った夜古が、しょんぼり肩を落として帰ってきたのに、彼は気づいていたのだ。

供物は、神の力の糧となる。杜の中の末社になど、わざわざ供物を供えにいく人間はほとんどいないから、夜古は前々から璽雨の腹の足しにと、あれこれ理由をつけて、自分のお供え物をお裾分けしにいっていた。

もっとも、そんな夜古の厚意を、霎雨は鬱陶《うっとう》しそうにするばかりだったけれど。

つれない水神の周りを、夜古が懲りずにちょろちょろしているのを、清太郎も知っている。知っていて、こうして時々、後押しをしてくれる。

守銭奴だし神使いも荒いが、心優しい禰宜だった。

「ありがたくいただこう」

苺の籠を胸に抱えて、夜古は社務所を後にした。真っ暗な境内を横切り、本殿へと帰ろうとする。

と、銀杏《いちょう》の木の陰に気配を感じて、夜古は足を止めた。鼻先に、ふわりと水の匂いがする。

「霎雨」

名前を呼ぶと、木の陰からゆらりと着流し姿の男神が現れた。闇の中なのに金の瞳が閃《ひらめ》いて、それだけで夜古はどきりとしてしまう。

腕の中の苺の籠を取り落としそうになって、はっと思い出した。

「あ、霎雨、これ……」

「お前はまた、人間にペラペラと余計なことを喋ったようだな」

夜古の言葉を無視して、地を這《は》うような恐ろしい声が言った。

「余計なことって」

「神が人に、宝玉の話などするものではない」

璽雨は、夜古が清太郎に宝玉の話をしたことを知っていた。どうしてわかったのだろう。

「お前が宝玉に触れたり、話題にしたりすれば、俺にもわかる」

夜古の表情を見てとったのか、璽雨はそう言った。

「え、ど、どうして」

今までもそうだったのだろうか。どうして、夜古の宝玉のことなのに、璽雨にわかるのだろう。

「どうしても何も、そういうものなのだ」

疑問はさらに増したが、璽雨はそれ以上、そのことについては語る気はないようで、ぴしゃりと言いきった。

「知られたからといって、人に何ができるわけではないが、あれは我らの命のようなものだ。おいそれと喋ることではない」

それを言うために、わざわざここまで上がってきたのか。

璽雨が、ただ夜古に会いにくるわけがないのに、彼の顔を見た時、そんなことも吹き飛んでいた自分に腹が立つ。日に二度も璽雨に翻弄《ほんろう》されるのが悔しくて、夜古は不貞腐れた顔で相手を睨んだ。

「知られたってどうにかなるものでもないなら、喋ってもいいだろう。お前が人間嫌いなのは勝手だが、俺にまで押しつけるな」

霻雨はそこで、呆《あき》れたようなため息をついた。愚か者に説教をしても仕方がないが、それでもしなくてはならない義務がある、とでもいうような、諦念《ていねん》を含んだため息だ。

そんな態度がまた、夜古を小さく傷つける。

「俺は忠告しているのだぞ。宝玉の話は我らの禁忌だ。だが禁忌だけに、皆知りたがる。人も神も物の怪《け》も。お前という力強い神がいることを、人に知らしめるな。人の口に上らせるな。人から人への噂話は、瞬く間に広がる。それを知っているから、物の怪や神々は人の噂に聞き耳を立てる。お前の噂がじき、百里先にも広がるぞ」

「それがどうした」

霻雨が何を忠告しているのか、よくわからなかった。この神社の神が強い力を持っていることは、近隣の者ならそれこそ、妖も神もみんな知っている。

神社が栄えているから、一目瞭然《いちもくりょうぜん》なのだ。それを今さら、人に言うな、人の口に上らせるなとはどういうことだろう。

しかし、首を傾《かし》げる夜古に、霻雨はやはり諦《あきら》めたようなため息をついた。

「わからないならいい。だがもう、宝玉の話はするな。そもそもお前は、人と馴《な》れ合いすぎる」

　霾雨は、夜古の腕にある苺の籠を見て、眉《まゆ》をひそめる。

「お前は稲荷神だろう。人に媚びるな。そこらの眷属のようにちょこまか動き回らずとも、どんと構えていればよいのだ。神はそこにいるだけで、周囲に利益をもたらすのだから」

「そんなことわかってる」

　夜古は思わず言い返した。これ以上この話を続けていたら、夜古が隠しているものを暴かれてしまいそうだった。

「俺は自分がしたいからそうしているだけだ。誰にも媚びてなどいない」

　言い捨てて、本殿へ駆け出した。媚びてなどいない、と口の中で何度も繰り返す。

　本当は、杜の見回りなんてしなくていい。

　人の願いを一つ一つ検めて回る必要なんかない。そんなことは、夜古にだってわかっている。けれど、せずにはいられないのだ。

　人々や鳥獣たちが、夜古様、夜古様と慕ってくれる。清太郎たちもなんだかんだ言いながら、大切にしてくれた。

　そんな彼らを、自分は騙《だま》しているから。

（神は皆、生まれながらに魂の大きさが決まっている）

本殿に戻った夜古は、苺の籠を置いてそっと自分の腹をさする。手のひらいっぱいに、宝玉の大きなぬくもりを感じる。

ご利益があると評判の『最不ノ杜神社』、その稲荷神の力。

それは夜古の、本当の力ではない。夜古が元々持って生まれた宝玉は、霪雨よりも劣る小さな小さなものだ。

この宝玉は、別の神から奪ったもの。夜古の持つ力は、偽りの力だった。

二

その昔、神様になる前、夜古はなんの力も持たない子狐だった。

子狐は一度死んだ後、土地神に力を授けられて妖となり、それから年を経て身の内に小さな宝玉を宿す神となった。

神様は生まれた時から神様だが、ごく稀《まれ》に、普通の人や獣から生まれ、夜古のように長い時を経て神となることがある。

ただそれは、本当に稀有《けう》なことだったし、もし宝玉を宿せたとしても、うんと小さな、妖に毛が生えたくらいの力しか持てない。

道々に祀られる道祖神は、そうしたものだ。亡くなった命が妖となり、それが優しく小さな魂となって、彼らのいる場を守るひっそりとした神となる。中にはさらに力を得て土地神となることもあるが、それには神でさえ気の遠くなるような、長い長い時を過ごさねばならなかった。

夜古は今のように堂々と社を建てられるような神ではなく、名もない祠にひっそり祀られる程度の稲荷神だった。

それがどうしてこうなったのか。

実は夜古自身にもわからなかった。気がつけば、身の内の宝玉が大きくなっていた。それが自分の宝玉でないことは、夜古自身、よくわかっている。ただ、それが元々は誰のものだったのかはわからない。

たぶん、忘れられた記憶と関係があるのだろう。

夜古がぼんやり覚えているのは、自分が恐怖にブルブルと震えていたこと、それから目のくらむような光。

何か、ただならぬ出来事があった。その出来事によって、どこかの神の宝玉が夜古の中に入り、夜古はおそらく、その時に記憶を失ったのだ。

彼方に失われた記憶を探ろうとすると、閃光《せんこう》を見た瞬間のように、目の前が真っ白になってしまう。

(元の神はもう、消えてしまったのだろうな)

宝玉は神の魂、失えば、神といえども存在することはできなくなってしまう。夜古が持っていた小さな宝玉の方も、大きな宝玉に融合されて跡形もなかった。

記憶を失う出来事があってから、自分はどうしていたのか。ある時、長い眠りから覚めるようにはっと我に返ると、夜古は『最不ノ杜神社』の神として祀られていた。

神社の境内を忙《せわ》しなく動き回る人々がいて、彼らは夜古の住む場所を綺麗にしたり、毎日お供え物を届けにきたりしていた。

『お前は誰だ。俺はどうしてここにいるのだ』

自分の立場がわからず途方に暮れて、ある時、人間の一人に声をかけた。それが清太郎の祖父、宣太《せんた》だった。

彼は、狐の耳と尻尾を持つ夜古を見て、あなたはきっと稲荷神だろうと言った。

『あなたがいてくれたお蔭で、ここまで戦火も及ばず、多くの人が生き永らえることができました』

ちょうど戦が終わった頃のこと。当時『最不和村』だったこの町は、男は大勢が戦に駆り出され、女子供と年寄ばかりだった。

田畑があるとはいえ、今よりずっと食べ物は乏しい。それでも村の人々は、小さな社の周りを清め、お供えを届けにきてくれていた。宣太も神職の仕事ばかりでなく、妻と田畑を耕し、村のために奔走していた。

だから夜古は、よく事情が呑《の》み込めないまま、宣太を手伝って働き始めた。神様はそこにいればいいと言われたけれど、崇め奉られる宝玉の持ち主は、本当は夜古ではない。記憶が模糊《もこ》となっても、それだけはわかっていた。

やがて村人にも夜古様、夜古様と敬われて、多少いい気になっていたけれど、心のどこかでいつも、彼らを騙している後ろめたさを感じていた。

その疚《やま》しさを埋めるように働いているうちに、戦から男たちが帰ってきて、神社を建て直してくれた。大きくなった神社でまた働き、宣太が亡くなる前に一度、さらに大きく立派な社に建て直した。

こうして今の、立派な社を持つ『最不ノ杜神社』がある。

人や獣と交わる代わりに、周囲の神々とは疎遠だった。俺は力のある稲荷神なのだからとツンと澄まして、彼らに近寄らなかった。

本当は怖かったのだ。もしかしたら彼らの中には、夜古が力を持った原因を知っている者がいるかもしれない。彼らに正体を暴かれるのが怖かった。

もしも夜古が、自ら他の神の宝玉を奪ったのなら、それは神殺しだ。非道の上に自分がいるのではと思ったら、記憶の手がかりを探すのも恐ろしい。

(霆雨は、何か知っているのかもしれない)

彼はいつの間にか、最不ノ杜に棲みついていた。夜古が記憶をなくす前か、後かはわからない。気がついたらひっそりと、朽ちかけた祠にいたのである。

宣太に聞いても、そんな祠があることすら、言われるまで気づかなかったと言う。ただ、神様は神様だからと、あまり力を持たない霙雨の祠にも道を作ってくれた。

霙雨は何も言わない。けれど彼が何か知っていて黙っているのではないかと、夜古は密かに思っている。

だって、彼は夜古に冷たいのだ。

人嫌いだし、気まぐれなところはあるが、霙雨は翠のように、自分が気に入った相手には冷たくはしない。

以前、近くに棲む妖が霙雨を慕って祠を訪れたことがあったけれど、気楽な遊び相手になれないと思ったのか、やんわり断っていた。だけどその態度も、決して素っ気なくはなかった。

なのに彼は、夜古にだけ冷やかだ。お供え物のお裾分けにいっても、いつも迷惑そうにされる。

霙雨は夜古の正体を知っていて、卑怯《ひきょう》な奴、情けない奴だと嫌悪しているのではあるまいか。

夜古は霙雨が怖い。だがその一方で、彼に惹かれている自分がいる。

この恋心がいつからのものか、それもまたよくわからない。だが最初から、どうしようもなく心が惹かれた。冷たくされても、遊び相手を見せつけられても、心は彼へと行ってしまう。自分でも、どう振る舞えばいいのかわからなかった。

『夜古様、このいちご、おいしいです』

『もう一コ食べていいですか』

境内の脇で、猫たちがウニャウニャ言いながら苺を食べている。

数日前、清太郎からもらった苺だ。本当は霙雨と分けるはずだったけれど、言い合いをしてそれどころではなかった。

一人で食べるには多すぎて、といって清太郎たちに返すのも悪いから、こうして犬猫や、杜に棲む動物たちと一緒に大事に食べることにした。

「お前たちも、もうすっかり大人だなあ」

二つ目の苺にかぶりつく猫たちを眺めて、夜古はしみじみと言った。鉢割れとキジトラの兄弟は、近所の家の飼い猫だ。

元は捨て猫で、去年の今頃、境内の隅に段ボールに入れられていたのを、夜古が見つけたのである。まだへその緒がついていた五匹の猫を、紀一郎と二人で育て、美和子と清太郎が近所を回って引き取り先を見つけてきた。

三匹は遠くへ里子に出たが、この二匹だけは神社の目と鼻の先にある家にもらわれたので、今でも時々ふらりと遊びにくる。

神社にはたびたび、犬や猫、時には兎《うさぎ》やハムスターの類《たぐい》が捨てられることがあった。それも人が寝静まった夜半や明け方が多い。捨てにきた者を咎《とが》めても、また別の場所に捨てられてしまいそうなので、黙って拾い上げることにしている。

『夜古様、大丈夫ですか』

『夜古様、元気ないです』

少しの間ぼんやりしていたら、猫たちに心配そうに覗きこまれた。

「大丈夫だ。お前たちはいい子だな」

夜古は微笑んで、二匹の小さな頭を撫でた。

「ごきげんよう、夜古様。そこにいるのは、下の楠田《くすだ》さんちの猫たちですか」

人の声に振り返ると、手水舎から年配の男性が歩いてくるのが見えた。

「おお、徳一《とくいち》か」

おっとりとした顔馴染《かおなじみ》の老人に、夜古もあいさつを返す。それは『笹川豆腐店』の店主、徳一だった。氏子でもある徳一は、たまに神社に参拝に訪れる。

『夜古様、じっちゃんの荷物から油揚げの匂いがします』

『夜古様の好きなお揚げさんですよ。あれを食べれば元気が出ますよ』

そういえば、徳一の持っている風呂敷《ふろしき》から、ふんわりと大豆の濃い匂いがする。

「猫たちはなんと言っとるんですか」

夜古が鳥獣たちと自由に意思を交わせると知っていて、徳一はほこほこした顔で尋ねてきた。しかし、猫たちの言葉をそのまま伝えるのは、油揚げをくれと催促しているようで恥ずかしい。

どう答えたものか迷っていると、ちょうどその時、社務所から紀一郎が現れた。

「あれ、徳一さん。こんにちはー」

「こんにちは。今日は筍《たけのこ》を持ってきました。息子の嫁の実家から送ってきましてね。うちじゃ食べきれないんで」

「いつもすみませんねえ」

『筍だけじゃないはずです』

『油揚げも入ってますよ』

傍《はた》で猫たちがまたウニャウニャ言い出すので、夜古は彼らを連れて少し離れた場所に移動した。

「息子さんの奥さんて、隣町がご実家でしたっけ」

「ええ。あの辺は竹林が多いから、筍掘りにいくらしいですね」

紀一郎と徳一が他愛《たわい》もない会話をするのを、夜古は聞くでもなく聞く。神社に訪れる人々は時々、こうして紀一郎たち神社の人間と世間話をしていった。

家族の話、近所に子供ができた話、隣町の噂や世界のニュースなど。

(こうして話は伝播していく。霾雨は、そうして俺が強い宝玉を持っていることが広まると言っていた。妖や神々が人の噂に聞き耳を立てている。だから話すなと。でもなぜ？)

宝玉を奪いにくるとでも言うのか。夜古の宝玉の、元の持ち主は消滅したはずだ。宝玉を失って、生きられるはずがない。それに、夜古ほどの力を持つ神は、この近隣にはいないはずだった。

「そういえば嫁の実家の近くの山がね、宅地造成で切り崩されるそうです」

「祝山《いわいやま》のことですか？　あそこは前もそんなことといって、失敗してるでしょう。話が上がった頃に、ちょうどバブルが弾《はじ》けて。あの辺りは住宅なんかないのに」

「人が住むには向かない土地だって、嫁は言ってましたけどね。県の開発計画だとかで」

二人が噂話をしている間に、杜の向こうが薄暗くなってきた。湿気た匂いがする。

「雨が降りそうだな。お前たち、早くお帰り」

促すと、水嫌いの猫たちは一目散に帰っていった。それからすぐに、ぽつぽつと小さな雨粒が降ってくる。

「ああ、これはいかん。徳一さん、傘を持ってきましょう」

「いえいえ、すぐ近くですから。では夜古様。慌ただしくてすみません。筍と一緒に、お揚げも入っていますんで、召し上がってください」

「うむ。いつもすまない。気をつけて帰ってくれ」

夜古は徳一を見送りながら、その背中に向かってさりげなく小さな息を吹きかけた。神社の石畳は、雨が降ると滑りやすい。傘寿《さんじゅ》を迎えた彼が怪我《けが》などしないよう、雨に濡《ぬ》れて風邪《かぜ》などひかないようにと、呪《まじな》いをかけたのだった。

「夜古様。今日は筍ご飯にしましょう」

紀一郎が言う。夜古に優しい微笑みを向ける彼は、夜古が今何をしたのか、ちゃんと気づいているようだった。


朝に降り始めた雨は、時間が経つにつれてどんどん激しくなっていた。

春の嵐《あらし》ね、と美和子が言っていた。風は木々が折れそうなほど強く、雷も鳴り始めている。

「……っ」

本殿の隅、薄い夜具を頭まで被《かぶ》って、夜古はずっと震えていた。雷鳴の轟《とどろ》きは、時とともに近く大きくなっている。

(怖い。怖い……助けて)

自分は神だというのに、四肢が動かなくなるほど恐ろしい。

いつもこうだった。遠くの雷雨ならまだ、平静を装っていられる。だがたまに激しい雷が鳴ることがあって、そんな日はガタガタと震えて、どうしようもなくなってしまうのだ。

「ひ……っ」

すぐ間近に雷が落ちた。閃光が本殿にも差し込み、ほとんど間を置かずに耳をつんざくような落雷音が轟く。

(助けて……霆雨)

声にならない声で、夜古は慕わしい男神の名を呼んだ。

その時、鼻先に甘い雨の香りが漂ったかと思うと、どこからともなく、水が湧き出るように本殿の一角に影が現れた。

「結界くらい張らぬか、馬鹿者。これでは本殿に、誰でも自由に入れてしまう」

呆れたように言う、彼の言葉は、恐慌にある夜古の耳にはほとんど届かなかった。

「霽、雨……」

来てくれた。今日も彼は来てくれた。死を予感させる恐怖とともに、甘くすぐったい思慕が湧き起こる。

霽雨、霽雨と、夜古は夜具に隠れたまま、ひたすら彼の名を呼んだ。

怖い。でも来てくれて嬉しい。

「もう大丈夫だ。だから怯《おび》えるな」

甘い雨の匂いがいっそう、濃くなる。頭に被った夜具がはらりと払いのけられ、顔を上げると、金の瞳とぶつかった。

「……おいで」

金の瞳は優しかった。広げられた腕の中に、夜古は飛び込んでいた。

もう何も、考えられない。

「いい子だ。何も心配することはない」

幼い子供のように泣きじゃくる夜古を懐に抱いて、霽雨は大丈夫だと繰り返した。大きな手で背中を撫でられ、ほっと力が抜けた。

「霽雨、霽雨……怖かったよぅ」

本当に怖かった。でも同じくらい、期待していた。

怖くて震えるほどの雷雨の日。霆雨は必ず、夜古のもとへやってくる。そして普段は決して馴れ合わない夜古を胸に抱いて、夜古が寝つくまで抱きしめる。

「夜古。お前はいい子だ」

普段の素っ気なさが嘘《うそ》のように、霆雨は優しい言葉とともに夜古の背中を撫で続ける。

どうして雷が怖いのか、霆雨はその理由を知っているのか、平静ならすぐに出る問いも、今はもう、どうでもよかった。

胸が甘く疼《うず》く。ずっとずっと、彼の胸に抱かれていたい。いつものように冷たくあしらわないで、こうして優しく夜古を撫でる霆雨でいてほしい。

だから夜古は、雷の日が怖くて、でも好きだった。

「……っ」

近くで閃光が弾け、夜古はすっぽりと霆雨の懐に顔を埋《うず》めた。

逞《たくま》しい胸、甘い雨の匂い。

「夜古。不憫《ふびん》な……」

耳元で憐《あわ》れむ声が聞こえたけれど、夜古は胸に頬をすり寄せ、そっと目を閉じた。

三

「もうやめだ、やめだ！」

目の前に積まれた段ボールの箱を前にして、夜古は叫んだ。

社務所の作業場に広げられた、色とりどりの紐《ひも》や袋。一つ一つは綺麗だけれど、夜古はもう、見るのも嫌になっている。

「もう嫌だ。神なのに疲れて死にそうなんだ。手だってこんなにガクガクになってる！」

同じ作業をしすぎて、手が痛い。肩も凝るし、目もショボショボする。神様なのに、もうボロボロだ。

今日も今日とて、夜古は清太郎に捕まって、手伝いをさせられていた。今日の仕事は、お守り作りだ。神社にお参りに来た人たちが買っていく、交通安全や商売繁盛などのあれである。

紀一郎に聞いたところ、普通は製造業者に頼んですべて作ってもらい、神社は仕入れたそれにお祓《はら》いをして売るのだそうだ。この神社でも、今まではそうしていた。

ところが清太郎は近所の製造会社から安価で素材を買い取り、自分たちで組み立てることにしたのだ。これなら普通に仕入れるより、原価が安いのだそうだ。

その代わり、夜古と清太郎が朝から晩までこうしてお守りを組み立てることになった。

「じゃあ夜古様、神通力でちょいちょいっと組み立ててくださいよ」

そうすれば早く終わるでしょ、と言う清太郎も疲れているのか、ささくれた口調になっている。

「馬鹿なことを言うな。そんなことに神の力が使えるか！」

怒鳴ってはみたものの、ちょっとやってしまおうかな、と思うくらい、作業はきつかった。細かい作業だし、何より根気がいる。

「俺は神なのに」

「しょうがないでしょ。夜古様がまた、猫だの犬だの拾ってくるからですよ。里子に出すまでの餌《えさ》代やワクチン代だって、馬鹿にならないんですからね」

暖かくなって、出産のシーズンになると、境内に犬や猫がまた捨てられるようになった。清太郎たちも夜古と同じで、注意をしたいのだが、それで保健所にでも持っていかれたらと思うと、黙って見ているしかないのだそうだ。

しかし、大抵は一番早く起きる夜古が捨てられた動物を見つけるものだから、夜古の責任になってしまう。

　紀一郎と美和子はおっとりしていて、また引き取り先を探さないとね、と言っていたが、清太郎は出費の心配をしていた。

「二言目には金、金。うちの禰宜はがめついのう。大体、そこらの神社よりよっぽど実入りはあるだろうに」

「確かに、うちは夜古様のお蔭で祈禱の仕事なんかもたくさん入りますが、出費も多いんです。神社の仕事は、金にならないことが多いんですよ。お祖父《じい》さんも父さんもどんぶり勘定でしたが、今の世の中、そんなことではやっていけません。金がなければ、拾った動物も助けられませんよ」

　そう言われると、夜古も強くは出られない。

「ほら、もう一頑張り。この箱が終わったらおしまいにしましょう。お揚げさんも焼いてあげます。続きが気になってたっていう漫画本も貸しますから」

「ううっ……」

　それで夜古は半べそになりながら、ひたすらお守りを組み立て続けた。

　午前中から始めて、終わった時には日が暮れていた。

「夜古様、お疲れ様」

ヨロヨロと社務所と廊下続きの守田家へ行くと、美和子が夕飯を用意して労《ねぎら》ってくれた。ちゃんと油揚げの焼いたのもついている。

紀一郎は別の間で、夜古が拾った子猫の世話にかかりっきりだ。何しろ、先日拾った子猫はまだ生まれたばかりで、ひっきりなしに乳を飲ませたり、下の世話をしてやらなければいけない。

それでもすぐに拾い上げ、守田の一家が甲斐甲斐《かいがい》しく世話をしてくれたお蔭で、みんな今のところ元気に育っていた。

捨てられた子の中には弱っているものもいて、時々、死んでしまうこともある。たとえ夜古でも、死んだ命を元に戻すことはできなかった。

妖として生まれ変わることならできるけれど、それが子猫にとって幸せなのかわからない。

(俺はこの世で生きることを望んだけれど、誰もがそうとは限らないものな)

長い月日を経て妖から神になったが、妖のまま彷徨う者が大半だ。神ではないものが宝玉を得るのは本当に稀なことだった。

「あ、夜古様。お疲れ様。ほら、お前たち。夜古様が戻ってきたぞ」

美和子の声を聞いて、紀一郎が奥の間から顔を出した。その腕には子猫が抱かれている。

ニイニイと鳴く猫は、開いたばかりの目できょとんとこちらを見た。

『ニャコしゃ、ニャコしゃ』

まだよくわかっていないのだろう、手足をバタバタさせて、言葉というより音を紡ぐばかりだ。

乳を飲んだばかりなのか、ポンポンにお腹を膨らませて満足そうな顔をしている。くふん、と可愛《かわい》いゲップをする子猫の姿に、夜古は思わず目を細めた。

「だいぶ大きくなったな」

「そうですね。でも里親を探すのはまだ早いかな」

「お前にも毎度、苦労をかけるな」

夜古も手伝ってはいるが、仕事の傍らで小さな子猫の世話をするのは、相当大変なはずだ。言葉をかけると、紀一郎は精悍《せいかん》な顔をくしゃりと寄せて笑った。

「何言ってるんですか。私も好きでやってるんですよ」

大きな手でワシャワシャと夜古の頭を撫でる。嬉《うれ》しいが、子供の頭を撫でるのと同じようにされるのは、神としては複雑である。

「ああそうだ、夜古様。すごくいいコニャックをもらったんです。帰りに、水神様に持っていってもらえませんかね」

「コンニャク？」

高級な蒟蒻《こんにゃく》があるのかと首を傾げると、紀一郎は豪快に笑った。

「コニャックってのは、ブランデー、外国の酒のことですよ」

百聞は一見にしかずと、紀一郎はコニャックを持ってきた。恭しく重厚な箱に入っていて、確かに舶来の香りがする。

霙雨に会ったのは一月前、嵐の夜が最後だった。

（あの日も、霙雨は優しかった）

雷雨の日だけ、霙雨は優しい。夜古が泣き疲れて眠ってしまうまで、ずっと抱きしめて背中をさすってくれた。

翌日、目を覚ました時にはいなくなっていたけれど、霙雨のぬくもりを思い出すと切なくなる。

「でも、いいのか。珍しい酒だ。紀一郎も飲みたいだろう」

「私は酒ならなんでもいいってタイプだから、せっかくの酒が勿体ないですよ。水神様に飲んでもらおうと思いまして」

紀一郎はそう言うが、決して味のわからない男ではない。きっと、霙雨に飲ませたいと思ったのだろう。夜古を大切に祀るように、彼らは水神のことも大切にしている。

「コニャックなんて珍しいもらいものね。水神様は大の酒好きだから、きっと喜ばれるわ」

　美和子が言い、夜古は璽雨が喜ぶ顔を想像して気持ちが浮き立った。

「う、うむ。そうだな。あいつ、お供え物なんか滅多にもらわないから。俺が持っていってやらねばな」

　夕食を食べ終えると、洋酒の箱を抱いて夜古はいそいそと祠に向かった。

（礼を言いたいな。今さらかもしれないけど）

　雷雨の日に見せた優しさは、次の日になると跡形もなく消えて素っ気なくなっているから、今まで礼など言えたためしはなかった。だが璽雨が珍しい酒に喜んで、機嫌がいい時だったら、夜古も素直になれるかもしれない。

　そんなことを考えていたが、しかし浮き立った気持ちは、祠に着いた途端に霧散した。

「お前、また」

　翠がまた、祠を訪れていたのである。ちょうど、彼も来たばかりらしい。祠の奥に呼びかけていた。

　ほどなくして璽雨は現れたが、翠には普通にあいさつをしていたのに、その後ろに夜古がいるのを見た途端、目をすがめて迷惑そうな顔をした。

「なんだ、お前もいたのか。何しにきた」

いつものことだとわかっているのに、冷たくされた途端、夜古の心は小さく傷つく。それでも本殿の威厳を保とうと、キッと相手を睨み上げた。

「これ、紀一郎から。珍しい……蒟蒻みたいな酒が手に入ったそうだ。お前にと」

「蒟蒻の酒だと？　よくわからんな」

「ああ、ブランデーじゃないですか」

夜古が抱いた箱を覗きこんで、翠が言う。邪魔な奴だが、自分では名前が出てこないので、こくこくとうなずいた。

「珍しいだろ。紀一郎が……」

「いらん。持って帰れ」

言葉を遮り、璽雨が冷たく言い放った。夜古はびっくりする。璽雨が酒を断るなんて。

「だって、酒だぞ？　きっと美味いぞ」

だが璽雨は、嫌そうに顔をしかめるばかりだ。

「いらん。俺は舶来の酒は好かん」

「そんな……」

絶対に喜ぶと思い込んでいた夜古は、途方に暮れた。その隣で翠が「そうでしたっけ」

と割って入る。

「昔は飲んでたじゃないですか、霻雨様」

「余計なことを言うな」

霻雨が恐ろしい目で睨んだが、翠はそれすらも楽しそうに、ペラペラと喋り続けた。

「確かずっと昔、一度だけ飲んだことがありましたよね。まだ海外からのお酒なんて、それこそ幻かってくらい、珍品で。この辺の大地主が手に入れて、雨乞《あまご》いにって盃一杯だけお供えをしてくれて。霻雨様、珍味だって喜んでたじゃないですか」

「翠、黙れ」

霻雨の声が一際低く、静かになった。傍で聞いていても肌が粟立《あわだ》つ迫力に、さすがに翠も黙る。

だが聞いてしまった。霻雨は、決して洋酒が嫌いではないのだ。ではなぜ、受け取ってくれないのだろう。

「紀一郎は、自分が飲みたいのを我慢してお前にくれたのだ」

食い下がると、霻雨は苛立《いらだ》たしげに舌打ちした。

「ならば宮司に返せばよかろう」

「でもせっかく」

「うるさい」

恫喝《どうかつ》に、ビリビリと尻尾が揺れた。

「いいから帰れ。こちらがちょっと相手をしてやったら、毎回毎回、本当に鬱陶しい狐だな。お前に恵んでもらうほど、落ちぶれていない」

言いきって、夜古を無視したように、翠を祠に招き入れる。

「……そう、か」

ぽつりとつぶやいた。こちらに背中を向けて中に入ろうとしていた霎雨が、怪訝《けげん》そうに振り返る。

「今まで、俺はただ鬱陶しかったのか」

嫌そうにしていたけど、いつも必ず受け取ってくれるから、心のどこかで期待していた。本当は夜古と同じ、素直になれないだけで、別に嫌がってなどいないのではないかと。

だって雷雨の日は優しいから。

(俺のことが憐れだと、言っていた)

一月前の嵐の日、抱きしめられた耳元で聞いた。聞かない振りをして、その意味をことさら考えないようにしていた。

霎雨が優しいのはただ、震える夜古を憐れんでいただけなのだ。なのにそれをおかしなふうに解釈して、勝手に期待していた。自分の能天気さに笑いたくなる。

「今まで、つきまとってすまなかった」

夜古は深く頭を下げた。身体の中が空っぽになったようで、霪雨に頭を下げるのもなんとも思わなかった。

「もう、雷の日も来なくていいから」

最後に言って、踵を返す。後ろから霪雨が自分を呼んだような気がしたが、そんなはずはないと打ち消した。期待をして落とされるのはもう嫌だった。

ふらふらと本殿に戻って、床にゴトンと洋酒の箱が落ちる。

「どうしようか、これ」

誰にともなくつぶやく。紀一郎に返したら、きっとがっかりするだろう。嫌われているのは夜古なのに、彼が傷つくかもしれない。

「自分で飲むか」

酒は得意ではないが、ちょっとずつ飲もう。心のこもった供物だから、きっと力になる。

行李から盃を出して、少しだけ注いだ。琥珀《こはく》色の酒とともに、芳醇《ほうじゅん》な香りが広がる。

だが口にすると、舌先が痺《しび》れるように熱くなった。

「痛い、苦い……」

良い香りだけど、美味しいとは思えない。覗きこんだ盃に、ぽとりと透明な雫《しずく》が一つ落ちた。

「俺は霪雨に、嫌われていたのだな」

ぐっと盃をあおる。喉《のど》が焼けるように熱くて、また涙が出た。それからしばらくの間、夜古は嗚咽《おえつ》を噛《か》み殺し、ぽろぽろと涙をこぼしていた。


どのくらい、時間が経っただろうか。二杯目の酒を飲むと、身体の中が温かくなって、少しだけ悲しみが和らいだ。

「酒というのは便利だな」

もう一杯飲めば、霪雨を忘れられるだろうか。そう思って、洋酒を注ごうとした時、芳醇な酒の香りに混じって、ふわりと雨の匂いが鼻先に広がった。

と、本殿の中にゆらりと人影が現れる。

「結界を張っておけと言っただろう」

瞬《まば》き一つする間に、霪雨が不機嫌な顔で目の前に立っていた。

「どうして……」

呆然《ぼうぜん》とする夜古には答えず、じっとこちらの顔を見る。それから夜古の手の中にある盃を見て、顔をしかめた。

「味もわからないくせに、酒など飲むな。勿体ない」

「だ、誰のせいだと思って」

酒が回ったせいか、一度は止まったはずの涙が、またボロボロと流れてきた。

「泣くな」

強く言われると、もっと涙が溢《あふ》れる。慌てて目を擦ったが止まらず、途方に暮れてまた悲しくなった。

「だから、泣くなと……」

珍しく困ったような声がして、顔を上げると、壐雨がガリガリと頭を掻いていた。それからじっと、夜古の隣にある洋酒の瓶を見据える。

「ええい。どうなっても知らんからな」

言うなり、壐雨は洋酒の瓶を取り上げた。蓋《ふた》を開けると、瓶に直接口をつけ、ごくりと一口飲む。それから悔しそうに瓶を睨んだ。

「クソッ、美味いな」

それからごくごくと酒をあおる。瓶にたっぷり入っていた酒は、あっという間になくなってしまった。

「そんなに飲んで、大丈夫なのか」

酒に強いと聞いていたが、一気に飲んでいいのだろうか。オロオロしていると、霾雨は夜古をじろりと一瞥《いちべつ》し、それからふうっと酒気を帯びた息を吐いた。

「大丈夫であるものか。お前が泣くから、仕方なく飲んだのだ」

むすっと厳《いか》めしい顔で言われて、言葉の意味がよくわからなかった。しかし、どういうことだと問いかけるより前に、霾雨は踵を返していた。

「帰る」

ところが、こちらに背を向けて一歩踏み出した時だった。足がもつれるようになったかと思うと、霾雨はビッターン、といい音を立て、まるで棒倒しの棒のように勢いよく倒れていた。

「えーっ？」

何事かと仰天したが、それから一秒、二秒と時間が経っても霾雨は起き上がる気配がない。

「じ、霾雨？」

いったい、どうしてしまったのだろう。そっと声をかけてみたが、ぴくりとも動かない。打ちどころが悪かったのかと、夜古は慌てて霙雨に駆け寄った。

「霙雨、霙雨。しっかりしろ」

揺すっても起きない男神に青ざめる。もしや舶来の酒は、この土地の神々にとって毒だったのだろうか。

「どうしよう。い、医者を」

神様の医者などいるのかわからないが、夜古はオロオロと取り乱し、医者を探しに立ち上がりかけた。

と、やにわに伸びてきた霙雨の手が、夜古の腕を掴《つか》んで引き留めた。それからむくりと起き上がり、夜古の隣に胡坐《あぐら》をかくと、ふうっと酒臭い息を吐いた。

「大丈夫か」

「ああ、まったくなんともない」

さらりと銀髪をかき上げた霙雨は、確かに具合が悪そうには見えなかった。だが心なしか、切れ長の目がいつもより柔らかい。

「本当に？　今、すごい勢いで倒れたぞ」

それでも心配でじっと見上げると、霙雨も見つめ返してきた。決して逸《そ》らされない視線に戸惑《とまど》う。すると霊雨は、フッ、と笑った。

「大丈夫だ」

霊雨が笑った。それも優しく。しかも爽《さわ》やかに。今まで彼が夜古に笑いかける時といったら、馬鹿にするか皮肉る時くらいだ。あとは年中、むすっと不機嫌そうにしている。

「ん、どうした？」

見間違いだろうかと、まじまじと相手を見たが、優しい顔のままこちらを見下ろすばかりだ。

（打ちどころが悪かったのか？）

「夜古。すまなかったな。俺を心配してくれたのか」

困惑しきりの夜古に、霊雨はいっそう笑みを深くすると、あろうことか夜古の頭をくしゃりと撫でた。

「な……」

嵐の日でもないのに、霊雨に触れられるのは初めてだった。顔が我知らず赤くなり、耳と尻尾が震える。霊雨はそれを見てくすっと笑った。

「可愛いな、お前は」

言うなり、尖《とが》った耳の裏をやんわり撫でた。夜古はくすぐったさに身をよじる。

「どうしたんだ急に」

　霆雨がおかしい。明らかにおかしい。だが、甘い声で可愛いなどと言われ、恥ずかしさと嬉しさで、夜古もまともに考えられる状態ではなくなっていた。

　おかしいと思いながらも、男神の絡めとるような視線から目を逸らすことができない。

　その霆雨の目は、じっとこちらを見つめていたかと思うと、婀娜っぽくすがめられた。

「急にじゃない。お前のことは可愛いと思っていた。だが、お前は子供だったからなあ」

　最後の言葉は挑発するようで、夜古はむっとする。

「俺は子供じゃない。年を重ねた立派な神なのだ」

「ああ、そうだ。もう子供ではない。顔だちも手足も、昔よりずっと大人っぽくなった。可愛いではなく、美しいと言うべきだったな」

「な……」

　いつの間にか、霆雨の表情から笑みが消えていた。代わりにその金の瞳の奥に、青く燃える炎のような何かを感じて、ぞくりとする。

「美しくなったな、夜古。それにこの頃の、俺を見るお前の目つきはとみに艶っぽい。ならばこれからは、大人同士の付き合いをしようではないか」

　長い指はするりと頬をつたい、顎《あご》にかけられた。手慣れた仕草で上を向かされたかと思うと、精悍な美貌がゆっくりと近づいてくる。

唇に酒気を帯びた息がかかり、唇が押し当てられてからようやく、夜古は気がついた。

(こいつ、酔ってる)

酒を飲んで倒れたかと思うと、態度が豹変《ひょうへん》した。霎雨は酔っていたのだ。

酒癖が悪いとは、噂にも聞いたことがない。大層な酒豪で、さすが蟒蛇《うわばみ》だと、近隣の神々には言われていた。

(蒟蒻酒のせいか)

琥珀色の蜜《みつ》のような、苦くて熱い酒。飲むのを拒んでいたのはもしや、こうなることがわかっていたからなのか。

「霎雨、お前……んんっ」

唇が離れた隙《すき》に喋ろうとしたが、霎雨はいたずらっぽい顔をして再び夜古の唇をふさいだ。二度目になると、ぬるりと舌が唇を割って入ってくる。誰かと唇を合わせるのも初めてなのに、さらなる濃厚な口づけに夜古の頭は沸騰寸前だった。

おまけに、いつの間にか腰に回されていた手が、するすると尻を撫でる。身をよじるとあやすように腰を絡めとられた。遊び慣れた所作だった。

「や、霎雨……やだ」

「ん？　俺とするのは嫌なのか？」

悲しげな顔をするのが、いかにもわざとらしかったが、背中に腕を回され、甘えるような声で言われると、強く出られない。

「い、嫌じゃないけど……お前、酔ってるじゃないか」

「俺が嫌いなわけではないいんだな」

尋ねながら、ちゅっと唇を吸われた。

（それは、こっちのセリフだ）

ついさっきまで、あんなに冷たかったのに。答えずにいると、何度も啄《ついば》まれ、「俺が嫌いか？」と悲しげに問われる。

「嫌いじゃ……ない」

恥ずかしくて、小さな声で答えると、璽雨はくすっと笑った。そうして今度は、深く口づけられる。

「ん、う……」

口の中を嬲《なぶ》られ、恥ずかしさに抗《あらが》おうとすると、あやすように耳やうなじを撫でられる。巧みな愛撫《あいぶ》に、夜古はたちまち陶然となった。

自分の身体が自分のものではないかのようで、ぐったりと璽雨の胸に身を預ける。すると、耳を撫でていた手が着物の襟を割って胸に潜り込んだ。

「ひぁ……っ」

片方の胸の尖りを指先でこねられ、夜古は思わず声を上げる。胸を弄《いじ》られただけなのに、下半身までもがうずうずと疼いている。

霾雨がもう片方の手で腰を撫でると、そこからまた、新たな疼きが芽生えた。

「こ、怖い……」

「怖くはない。気持ちよくなるだけだ」

優しい声に見上げると、金の目が燃えるように輝いている。情欲を含んだ閃きは、夜古が初めて目にするものだった。

自分はこれからどうなってしまうのだろう。自分よりずっと格下の神のはずなのに、これから夜古は、霾雨にバリバリと頭から食われてしまうような錯覚を覚えた。

縋《すが》るように相手を見ると、また口づけられる。その合間に、胸を弄っていた手が今度は裾を割って足の間に差し込まれた。そればかりかあろうことか霾雨は、普段は意識しない、足の間にある男の印を握ってきたのだ。

「な、何をしている」

「ここを擦ると気持ちがいいだろう」

笑いを含んだ声が言い、コスコスと扱《しご》き上げる。味わったことのない快感が足元から這い上がってきた。

「あっ、あっ」

いつの間にか胸は大きくはだけられ、霆雨は前を嬲りながら露《あら》わになった桜色の突起に吸いついた。

「……あ……ぁっ」

腰に熱が溜《た》まり、気づけば夜古は身をのけぞらせて精を吹き上げていた。あまりの気持ちよさに放心する夜古を、霆雨は口づけを繰り返しながら床に横たえる。

「な、何……？」

これからまだ何かされる予感がして、夜古はわけがわからず相手を見上げた。霆雨はそんな夜古に、ふっと笑う。

「これからお前は、俺とまぐわうのだ」

「ま……」

「さすがに意味がわかるか」

かあっと赤くなるのを見て、水神は意地の悪い笑いを浮かべた。神々や妖が交わることは知っている。神ですら時に溺《おぼ》れるほど、それは心地よいものらしい。

「ま、待て。お前は俺を嫌っていたではないか。お前は嫌いな相手と、こんなことをするのか」

こんなふうに成り行きでしてよいものなのか。遊び慣れた霎雨と違って、自分には経験がない。記憶のない過去にはもしかしたら、誰かとそういうことになっていたかもしれないが、記憶がない以上、したことがないのと同じだった。

「俺はお前を嫌ってなどいないぞ」

さわさわとめくり上げた着物の裾から足を撫でつつ、霎雨はあっさりと言う。

「さっき、鬱陶しいと言ったではないか。それにお前はずっと、俺にだけ冷たかった」

「冷たくしないと、お前は人に懐くように俺にもコロコロ懐いてくるだろう。初心《うぶ》な子狐が、悪い男神に食われてもよかったのか？」

「俺は子狐ではない。立派な稲荷神だ」

そこは、いかなる時でも譲れない。強く睨むと、霎雨は目を細め、まるで夜古を愛《いと》おしむように眺めた。

「そうだな。もう大人だ。だから抱いてもいいだろう」

「う、うん？」

何か、さっきと同じところに話が来た気がする。だが男神は、話は終わりだとでもいうように覆いかぶさってきた。

「コロコロと境内を動き回る姿は愛くるしいが、こうして男に組み敷かれて艶めいている
お前は、大層美しいな」

胡散臭《うさんくさ》いほど甘い言葉を吐いて、霆雨はゆっくりと夜古の足を開かせる。戸惑っている
間に、尻尾の付け根の下、小さな窄《すぼ》まりにするりと指が這った。

「や、なんで……」

「俺を受け入れる場所だ。ああ……柔らかいな」

つぷん、と中に指が入ってくる。これからすることを教えるように、長い指が中を擦り
上げた。

「や、やっ」

怖い。怯えた夜古は、身を固くして自分を組み敷く男神の腕をぎゅっと掴んだ。

「大丈夫だ。夜古、俺を見ろ」

声に視線を上げると、閃く金の双眸とぶつかる。強い光の輝きに、夜古は思わず魅入っ
てしまった。そんな夜古の胸の内を見透かしたように、霆雨の笑みは深く妖しくなる。

「お前は本当に愛らしいな」

酔っ払いの言うことなど、本気にしてはいけない。それでも愛らしいと言われたら嬉し

かった。

「それに、美しく育った」

「ふ、ぇっ？」

後ろに埋め込まれていた指が抜け、その刺激に小さく悲鳴を上げた。霆雨は夜古の唇に軽く口づけを落とすと、そのまま一息に己の欲望を突き入れた。

「あ、あーっ」

熱く身を焦がすような情欲が、身体の奥深くにまで潜り込んでくる。固い屹立《きつりつ》が柔らかな襞《ひだ》を押し広げ、後ろを擦るのは、先ほど手で前を扱かれたのとは比べものにならないくらい、強い快楽を引き出すものだった。

「何……霆雨、怖い」

勝手に喉がわななく。もっと深くまで男が欲しくてたまらない。自分がひどく浅ましいものになった気がして恐ろしい。

耳を震わせて逞しい胸に縋りつくと、霆雨は熱い息を吐きながらも、愛しそうに夜古の髪を撫でた。

「どこか痛むか？」

そうして、優しく労わるように問いかける。ふるふると頭を横に振ると、霆雨は微《かす》かに笑った。

「なら、気持ちいいか?」

「……」

「気持ちがいいのか。よすぎて怖いのだな」

それにはからかいの色があって、夜古は我知らず泣き出しそうになった。だって、本当に怖かったのだ。

「そんな顔をするな。悪かった。お前の態度がいちいち可愛くて、つい意地悪をしてしまう」

霆雨は優しく言って、夜古の唇や首筋のあちこちに口づける。怯えを払うように髪や背中を撫でてくれた。

そうするうちに段々と恐ろしさは消えていき、快感だけが残る。霆雨の肉棒を咥《くわ》えたそこが、心地よさのあまりひくひくと痙攣《けいれん》していた。

「身体が甘くなってきたぞ」

耳を甘噛みしながら、霆雨が囁《ささや》く。ゆっくりと腰を揺すられ、さらに快感が増した。

「あ、んっ、霆雨……っ」

夜古の雄もぴんと立って、先端からひっきりなしに蜜をこぼしている。

「やぁ……んっ、すご……」

「ああ。たまらなく甘いな、お前の身体は」

苦しげな声が言い、いっそう激しく突き上げられた。

「あ、あっ」

自分の中で脈打つ雄が、ひときわ熱くなった気がした。霆雨が低く呻《うめ》き、夜古の身体を少しも離すまいと強く抱きしめた。

「あ……中に……」

熱い霆雨の精が、大量に注ぎ込まれるのがわかる。苦しげに眉をひそめ快感の極みに達する水神は、艶めいてひどく美しかった。

その男神に貫かれながら、夜古も続けて精を放つ。やがて精を出し尽くしてくたりとなったが、霆雨のそれはまだ固いままだった。

腕の中で崩れる夜古の唇を吸いながら、男神は緩く腰を穿《うが》つ。

「や……霆雨……また……」

「お前が可愛く泣くからだ」

甘い言葉を吐いて、また理性を絡めとろうとする。あやすように口づけされ、撫でられて、仕草は優しいのに、決して許してはくれない。

その夜、璽雨は飽くことなく、何度も繰り返し夜古の身体を貪《むさぼ》り続けた。


遠くで雀の声がする。餌をねだる声だ。

『夜古様は、今朝はいらっしゃらないのだろうか』

年嵩の雀の声がして、夜古は目を覚ました。

「寝坊だ！」

夜具を跳ねのけ飛び起きる。だがその途端、へにゃりと身体が崩れた。

「なんだこれは」

フニャフニャして足腰に力が入らない。そのくせ、よく眠った後のように、身体も心も妙にすっきりとしていて、力がみなぎっていた。

「急に動くな。まだ身体が馴染んでいないのだ」

本殿の隅からぶっきらぼうな声がして、ぎょっとする。声のする方を見ると、璽雨が床に胡坐をかいていた。

「お前……あぁっ」

そこでようやく思い出した。自分は昨晩、この男神に抱かれたのだ。溶け合うほど深く抱き合い、精を何度も放った。霾雨もまた、夜古の中に熱い情欲を注ぎ込んだ。

飽きることなく混じり合い、その後いつの間に眠ってしまったのか、覚えていない。着物も脱ぎ捨て、床の上に裸になっていたのは覚えているが、今はきちんと着物を着て、夜具の中で寝ていた。霾雨がしてくれたのだろうか。

その霾雨は、先ほど声を発したきり、夜古から顔をそむけるかのように横を向いていた。

「あ、あの」

『夜古様、おりませぬのか』

本殿の外で雀の声がする。霾雨がちっと舌打ちした。

立ち上がると、「お前はそこで声を出すなよ」と言い置き、本殿の扉を開け放つ。朝日が差し込んできて、思わず手を翳《かざ》した。

「うるさいぞ、雀」

唸《うな》るような不機嫌な声で、霾雨は言った。雀はまさか、本殿から霾雨が出てくるとは思わなかったのだろう。「霾雨様！」と絶句していた。

『何ゆえにここへ……あっ、まさかひょっとして、夜古様に無体な真似《まね》を』

夜古様はどこにおられるのです、と年嵩の雀が羽をばたつかせて本殿を覗きこむ。こちらからはその様子がつぶさに見てとれたが、雀からはなぜか、本殿の中の様子は見えないようだった。

璽雨の力だろうか。彼のよく言う、『結界』を張っているのかもしれない。

「夜古はまだ眠っている。今日は別のところで餌を探せ」

冷たく璽雨が言い放つと、雀は『ああっ、やっぱり』と嘆きの声を上げた。

『なんということ。なんということを！　璽雨様の下半身の無節操さは噂に聞いておりましたが、あのいとけなきお方にそのような酷《ひど》いことをなさるとは。見損ないましたぞ！』

「うるさい。それ以上騒ぐと、丸呑みにするぞ」

傍で聞いていた夜古もゾッとするような声に、雀は縮み上がった。他の雀たちとともに、何やら鳴きながら飛び去っていった。

「小うるさい奴だ。半人前の半妖のくせに、いっぱしに、お前の眷属を気取っているようだな」

鬱陶しそうに言って、璽雨は本殿の扉を閉める。振り返った彼は、先ほどよりもさらに不機嫌になっていた。

「璽雨……」

途方に暮れて名前を呼ぶと、はたと目が合う。だがそれは、すぐに気まずそうに逸らされた。

「悪かった。酔っていたんだ」

やがてぽつりと、霪雨は言った。何を謝っているのか、すぐにはわからなかった。

「蟒蛇がと思っているのか？　普通の酒では酔わない。ただどういうわけか、舶来の酒が身体に合わんのだ。前もそれでおかしくなった」

だから昨日は、頑《かたく》なにあの酒を拒否していたのだ。

「昨日は正気ではなかった。どうか忘れてくれ」

言って頭を下げる。目を逸らしたまま、決してこちらを見ようとはしない。その態度に、夜古もようやく悟った。

霪雨は、夜古を抱いたことを後悔しているのだ。

「そうか……そうだな。酔ってでもなければ、お前が俺を相手になどするはずないものな」

目の奥がつんとして、夜古は顔をうつむけた。霪雨の前で、涙を流したくない。

「もう……行ってくれ」

昨夜《ゆうべ》のことは忘れるから。言った声は、みっともなく震えていた。

「夜古」

呼ばれても顔を上げなかった。耐えるように、ぎゅっと拳《こぶし》を握りこむ。やがて頭上に、「すまない」という声が落ちた。

「お前を嫌ってなどいない。だが、俺はお前を抱いてはいけなかったのだ。頭を冷やす。しばらく会いにこないでくれ」

いつもの不機嫌な声ではない、頼み込むような弱気の口調で霾雨は言い、闇に溶け込み消えていった。

夜古の身体を奪った男神は、気まずさに逃げ去ったのだ。

「酷い男だ」

窓の格子からこぼれる朝日をぼんやり眺めながら、つぶやく。もう、涙も出なかった。

四

ジワジワと蟬《せみ》が鳴いている。田んぼには青い稲がさざめく季節になった。

夜古は木々の葉から差し込む日差しを受けながら、社務所から本殿へ続く石畳をとぼとぼと歩いていた。

『夜古様は少し、休みを取られた方がいいですよ。ここのところずっと、働きづめじゃないですか』

社務所に仕事をもらいにいったら、清太郎からそんなことを言われた。

いつもなら強引にこき使おうとするのに、今日は西瓜《すいか》と麦茶を出されただけだった。帰りに漫画本を持たされて、これでも読んでゆっくりしていてください、などと言う。

確かにこのところ、自分から仕事をあれこれ引き受けて、本殿でも内職をしている。そのくせ憂鬱《ゆううつ》な顔をしているのだから、清太郎が心配するのも当たり前だ。

けれど、何かをしていないともっと心が沈んで、おかしくなってしまいそうだった。

壑雨にはあれきり会っていない。雷が激しく鳴る日もなかったし、夜古も祠《ほこら》には行かなかった。

もう、どんな顔で霙雨に会えばいいのかわからない。顔を合わせた時の彼の反応も恐ろしかった。

夜古を嫌っているわけではない、と霙雨は言った。だが近所の雀《すずめ》にも言われる彼が、夜古を抱いたことをひどく後悔していたのだ。

嫌いではない、だが好きでもない。霙雨の性愛の対象には決してなれない。まるでお前になど興味がないと言われたようで、嫌われるより辛《つら》かった。

忘れるために、いつもよりいっそう、神社の仕事に励んだけれど、気持ちはふさぐばかりだった。いったい、いつまでこうしていればいいのか。

夜古が、霙雨と顔を合わせても何食わぬ顔ができるようになればいいのか。でも、それは無理だ。

(俺は霙雨が好きなのだ)

彼に抱かれて、もう自分の気持ちから目をそむけることはできなかった。霙雨が好きだ。この神社で目覚め、彼の姿を初めて見た時からずっと慕っていた。

どんなに冷たくされても、この気持ちをなくすことができない。なくせるものなら、今はもう手放してしまいたかったけれど。

「夜古様。どうかされたのですか」

声に振り返ると、徳一がハンカチで汗を拭《ふ》きながら、拝殿の前に立っていた。

「徳一。暑いのにご苦労だな」

夜古は徳一の近くに小走りに駆け寄った。だいぶ日が傾いてきたとはいえ、まだまだ暑い。

年寄がここまで上ってくるのは大変だっただろう。

「いえいえ。たまにこうして階段を上り下りする方が、健康にいいんですよ。夜古様はお元気ですか」

「あ、う、うむ」

咄嗟《とっさ》に口ごもってしまった。だが徳一はそれには触れず、目を細めて微笑《ほほえ》む。

「しかし、さすがに少し疲れましたな。あそこで休憩しましょう。夜古様、少しお付き合いしてくださいませんか」

ハンカチで汗を拭《ぬぐ》いながら、徳一は拝殿の脇《わき》にあるベンチを示した。背後に大きな楠《くすのき》があって、涼しい木陰を作っている。

揃《そろ》ってベンチに座ると、徳一は持っていた風呂敷《ふろしき》を広げた。ふわんと香ばしい匂《にお》いが漂ってきて、夜古の尻尾《しっぽ》がぴくっと跳ねた。

「お供えにいろいろと持ってきたんです」

いつもの油揚げの包みと、もう一つ、甘い匂いのする包みをくれた。中を開けると、砂糖をまぶしたドーナツだった。

「おからのドーナツです。孫の発案でしてね。今度、うちで売り出すことにしたんですが、その前に夜古様に味見をしていただこうと思いまして」

「俺が食べてもいいのか」

もちろんです、と言われて遠慮なくかぶりついた。まだ温かいそれは、口の中でほろりと崩れる。

「美味《うま》い」

ドーナツの甘味が身体《からだ》を巡って、幸せな気持ちになる。はぐはぐと夢中で食べていると、徳一が水筒のお茶を差し出してくれて、気づけばぺろりと全部平らげていた。

「すごく美味かった。それに元気が出たぞ」

心のこもったお供え物は滋養がつくが、特に徳一がくれる食べ物はなんだか優しい力があって、もらうといつも元気が湧《わ》いてくる。

「ああ、よかった。夜古様にそう言っていただけるのが、一番嬉《うれ》しいですよ」

深い皺《しわ》の奥に安堵《あんど》が見えて、徳一にまで心配をかけていたのだと悟った。みんな、夜古を気にかけてくれる。

（もうメソメソしてはいかんな）

自分は神なのだ。失恋したくらいで落ち込んでいては、人々は救えない。

「ありがとう、徳一」

そよりと風が吹く。ふと目を上げれば、高台にある境内のベンチからは、風にそよぐ青い稲穂が見えた。

「昔と同じだな」

ふと蘇《よみがえ》ったかつての風景に、夜古は目を細めた。「昔？」と、徳一が首を傾《かし》げる。

「ああ。俺はその……昔は神ではなくただの狐《きつね》だったのだ。その頃を思い出した」

それを人に告げるのは、先代宮司の宣太以外では初めてだった。自分が神ではない、人より弱いただの狐だったことを打ち明けるのは、抵抗があった。

威厳を失うような気がしていたのだが、こうして清太郎や徳一に慰められている自分に気づき、今さらだと思い直した。

「秋、田んぼが黄金《こがね》色に輝いていたのを覚えている」

村の外れの道祖神、田んぼの向こうのお山。ただの狐だった時、覚えているのは春と夏の景色だけ。たぶん自分は生まれたその年に、冬を越さずに死んだのだろう。

「ずっとずっと昔、きっと何百年も前のことだが。ふと思い出した」

どれほどの月日が流れたのかわからない。村が町になって、ずいぶん変わったと思うけれど、昔と変わらない景色もある。

だが、夜古の話を目を細めて聞いていた徳一は、ふと思い出したように口を開いた。

「では狐だった頃の夜古様は、ここことは別の場所で生まれたのでしょうな」

「どうしてだ?」

「この土地で稲作が行われるようになったのは、比較的最近なのです。せいぜい、百年ちょっとのことでしょう。ここら辺は昔、稲が育たない荒れた土地で、村の人々は蕎麦《そば》や粟《あわ》、芋などを作って暮らしていたそうですよ」

だから、今見える海原のような稲穂の景色は、かつてはなかったのだ。それを聞いて夜古も納得した。

「そうなのか。なら、俺は別の土地から来たのだな」

ただの狐が神になるには、百年では足りない。もっと、うんと長い年月をかけなければ、宝玉は生まれないのだ。

「ここに似た土地があったのでしょう」

「今はないのか」

あるなら、生まれた場所を見てみたいような気がした。

「さあ、どうでしょうか。私が生きている間にも、ずいぶん変わりましたからね。今も変わっていますよ。隣町の山も近々、崩されると聞いています」

この最不ノ杜は変わらないでほしいですね、と徳一は夜古と同じように遠くを眺めた。

それからしばらく、二人は木陰でのんびりと涼んでいたが、やがて寺の鐘がゴーンと鳴って、徳一は夕飯の時間だからと腰を上げた。

夏は日が長い。まだ辺りは明るかった。徳一とともにゆっくりと神社の階段を下り、去っていく老人の背中を見送った。

宵闇《よいやみ》は、山の向こうから少しずつ迫ってくる。不意に山側にある青い稲から、するりと這《は》い出るように人影が現れて、徳一とすれ違った。

車が通れない、細い畦道《あぜみち》だ。それまで人が歩いてきているとは気づかなかった。徳一も見えていなかったのだろう、相手とぶつかりそうになって、軽くよろめいた。

「あ」

咄嗟に助けに出ようかと思ったが、夜古がそうするより早く、徳一はしっかりした足取りで身体を立て直した。大丈夫だと知らせるように、こちらに向かって小さく会釈をし、また歩き出す。

唐突に現れた人影は、神社に向かっているところのようだ。「すみません」と徳一に小さく詫《わ》びた女性がこちらに向かってきて、夜古は慌てて耳と尻尾をしまった。見慣れない顔だったからだ。

長い黒髪を流した、ほっそりとした綺麗《きれい》な女性だった。服装も垢抜《あかぬ》けている。これほどの美女なら、町内で噂《うわさ》になってもおかしくないから、どこかよそから来たのだろう。

鳥居の奥に立つ夜古の姿に気づき、薄く微笑んで会釈をした。

「こんにちは」

首を傾げた拍子に、さらりと黒髪が肩にこぼれる。妙に艶《なま》めかしい女性だった。

「あ、ああ。こんにちは」

その色香に一瞬、気圧《けお》されていた夜古は、慌ててあいさつを返す。女はくすっと笑った。

「ここの神社の子？　着物が可愛《かわい》いわね」

子、とか可愛い、などと言われるのはいささか納得いかないが、妙齢の女性相手にむきになるわけにもいかず、仕方なく「ありがとう」と嬉しくもないのに礼を言う。

女はしかし、鳥居の前に立ったきり、階段を上ってこようとしなかった。ただ、目の前に立つ鳥居を睨《にら》むように見上げている。その目が鋭くて、ちょっと怖いなと思ってしまった。

「上がらないのか？」

自分が邪魔だったのかな、と思って端に寄ったが、女は困ったように笑って首を横に振った。

「今日はやめておくわ。足が悪くて、その階段を上れないの」

「そうなのか」

膝丈《ひざたけ》のスカートから覗《のぞ》く白い足はすらりとしていて、どこも悪そうには見えない。先ほども普通に歩いていたが、階段を上るのは辛いのかもしれない。

「確かに、ここの階段は急だからな。宮司がそのうち、階段横に坂道を造ってバニラフリーにすると言っていた」

バニラプリンだったかな、と紀一郎の言っていた単語を思い返したが、女は「そう」と納得したようにうなずいていたから、とりあえずは通じたらしい。

「でも、ここからでもお参りをすれば効果があるぞ。お守りが欲しいなら、俺が代わりに買ってこようか」

夜古が自ら作ったお守りだ。商売繁盛、交通安全から良縁祈願まで各種取り揃えている。

「俺が買うと、社販で一割引きだから」

お金など持っていないので実際には買えないが、清太郎が前に、「夜古様が買う時も社務所の職員特価で一割引きにしてあげますよ」と、恩着せがましく言っていた。

「いいのよ。今日は、神社の場所を探しにきただけだから。また、足の調子がいい時にくるわ。お守りもその時にくださいな」

懸命に言う夜古に、女は笑ってそう言った。

「わかった。取り置きしておこう。うちのお守りはご利益があると評判で、すぐに売り切れてしまうのだ。なんのお守りがいい？」

「そうねえ、恋愛成就のお守りなんてあるかしら」

そういうお守りは、この神社にはなかった。

「恋愛成就？　良縁祈願ならあるが」

「恋人を見つけたいわけじゃないのよ。欲しい人はもういるから」

女は言い、艶めかしく笑った。好きな人ではなく、欲しい人とは。またずいぶんと情熱的だ。

「じゃあ、またね」

本当に場所の見当をつけにきただけだったようで、女は言うと、元来た道を帰っていく。先ほどの畦道を曲がり、黄昏《たそがれ》時の薄ぼんやりとした空間に溶け込むように、稲の向こうにするりと消えていった。

「そういえば隣町の祝山、やっぱり開発が難航してるみたいだぞ。もしかするとまた、途中で中止になるかもな」

ある朝、トーストを齧《かじ》りながら紀一郎が言った。

「宅地造成するって言ってたところ？　何かあったの」

夜古のトーストにジャムを塗っていた清太郎が、それに反応する。

「地滑りが多くて、重機が入れないらしい」

「今年の夏は雨が少ないのに、珍しいわね。夜古様、サラダも食べてくださいね。みんな夜古様の好物だからって、甘い物やたんぱく質ばかり食べさせるんだから。お揚げさんも食べすぎは身体によくないのよ」

「う、うむ」

美和子がボウルに山と盛ったサラダをどん、と目の前に出してきたので、ジャム付きトーストを心待ちにしていた夜古の尻尾はしゅんと萎《しお》れた。

「あそこの山は土壌がもろいらしくてな。雨に関係なく、よく地滑りを起こすんだ。前の宅地計画の時もそうだった」

「ああ、だからなのかな。あれだけ大きな山なのに、あまり木が育ってなくて、土肌が見えてるよね。俺、持ち主が伐採してるのかと思ってたけど。動物もあまり棲《す》んでなさそうだし」

清太郎の言葉に、紀一郎も「どうも昔からのことらしい」とうなずいた。

そういえば、と、モソモソ葉っぱを食べながら夜古も思い返す。朝見る雀や、杜に来る野ねずみたちの顔ぶれも、特に変わりはなかった。

近隣の山で木々が伐採されたり、土地が崩されると、居住地を追われた鳥や動物は、周囲に散っていく。最不ノ杜にも、決まって新しい顔ぶれが増えるものだが、今回はそうしたこともない。

だから夜古も、紀一郎の話を聞くまで、隣町の山の変化を知らなかった。

「そうそう、夜古様。また水神様にお使いにいってくださらない？　ブドウをたくさんいただいたのよ。夜古様の分もちゃんとありますからね」

美和子は隣町の開発には興味がないようで、台所に何か探しにいった。水神と聞いて、ぎくりとする。

「母さん、俺が行ってくるよ。あんまり神様を使い倒すと、バチが当たるよ」

隣にいた清太郎はその顔色を読んだのか、珍しくそんなことを言った。

「あらでも、水神様は人嫌いなんでしょ。それにあなた、今日はご祈禱《きとう》の仕事もあるし」

「下の祠に行く時間くらいあるよ」

璽雨との間に起こったことは、誰にも話したことがなかったが、このところ夜古の元気がない原因が、璽雨だと気づいているのだろう。

昨日、徳一にもらったドーナツの甘味を思い出す。みんなが気遣ってくれている。

「大丈夫だ、清太郎。俺が行く」

いつまでもメソメソしてはいけないと、心に決めたばかりだ。

「夜古様」

心配そうに見る清太郎に強くうなずいて、美和子からブドウの籠《かご》を受け取った。朝ごはんを終えてすぐ、祠に向かうことにする。

「本当に大丈夫ですか」

清太郎が心配そうに道の入り口まで送ってくれた。

「ああ、別に何もない」

それからふと、思い出して尋ねた。

「そういえば、清太郎。うちは『恋愛成就』のお守りは置かないのか」

昨日の美しい女が欲しがっていた。足が悪いと言っていたのに、わざわざここまで来たのだ。よほど思い詰めているのではないだろうか。

「俺が組み立ての内職をするから、そのお守りを仕入れてくれないか」

辛い恋をしているかもしれない女と自分とが重なり、つい真剣に頼んでしまう。すると清太郎は、なぜか絶句していた。

「神が神頼みとは……そこまで……」

かと思うと、苦悩の顔でブツブツ言い始める。

「なんだ、どうした」

「いえ、なんでもありません。わかりました。恋愛成就の祈願は女性にも人気がありますからね。いつもの業者に聞いてみます」

スチャッとずれた眼鏡《めがね》をかけ直し、いつになく真面目《まじめ》な顔をした。

「夜古様にも、一割引きで売ってあげますから」

「う、うむ。頼んだぞ」

なんだかわからないが、手に入るのならありがたい。

一つ、仕事を終えた気がして、夜古は清太郎に見送られながら、祠に続く道に入っていった。

久しぶりに訪れる祠は、どことなく前より荒れている気がした。だが翠や他の妖《あやかし》の気配はなくて、少しだけホッとする。

「璽雨」

祠に向かって声をかけたが、しんと静まったままだ。

「璽雨。いないか？　ブドウを持ってきたんだ」

いないのか。それとも、夜古に会いたくないのか。きっと後者なのだろうな、と思い、尻尾がひとりでに萎《しぼ》む。

もう期待はしていない。だがそれでも、慕わしい相手につれなくされると悲しい気持ちになる。もう、メソメソしないと決めたのに。

「璽雨。ここに置いておくから、食べてくれ。俺からではない、宮司からだから」

自分がいたのでは、出てこないだろう。池の端にブドウの籠を置き、祠に向かって声をかけると、踵《きびす》を返した。

「おい」

とぼとぼと元来た道を上ろうとした時、後ろから声がかかった。振り返ると、いつの間にか祠の扉が開いて影が立っていた。

「そんなふうに帰るな。俺がいじめてるみたいな気になるだろう」

「え、璽雨？」

一瞬、誰《だれ》だかわからなかった。

むすっとした声はいつもの通りだが、髪はボサボサで艶《つや》もなく、銀髪というより白髪になっている。顔も心なしか浮腫《むく》んでいて、無精ひげを生やしていた。

普段だって、決してぱりっとはしていない。してはいないが、清潔感はあったし、むしろそれが物憂げに見えて艶めかしかったのだ。これではただの物ぐさだ。霾雨を慕ってくる妖たちの姿がないのも納得できる。

「汚い……」

その変貌《へんぼう》ぶりに、夜古は思わずつぶやいていた。霾雨がもったりした目をすがめる。

「お前、喧嘩《けんか》を売りにきたのか」

だが夜古の耳がびくっと震えるのを見て、すぐさま気まずそうに険を解いた。

「二日酔いか？　それか風邪《かぜ》でもひいたとか」

動くのも億劫《おっくう》そうで、ふと心配になった。

「ひくか。二日酔いでもない。酒は断っているのだ」

「なんでまた」

三度の供物より酒が好き、というくらいの酒好きが、何を理由に禁酒などしているのだろう。首を傾げたが、霾雨が呆《あき》れたような、やっぱり気まずそうな顔をしたので、夜古もあっと思い出した。

霾雨は、酒に酔って夜古に手を出したのだ。己の失敗を戒め、酒を断っていたということか。

「しばらく供物がなかったから、力が出なかっただけだ。俺に捧げられるのは大抵、酒なんでな。それを断つと身に入れるものがない」

夜古や守田家が差し入れる供物の他に、霾雨は独自で妖などから捧げられる供物があるようだが、それらは無類の酒好きとあって、酒ばかりだったようだ。

信仰によって得られる糧がないと、神はこうして力が出なくなってしまう。

「そういうことだから、この折にブドウはありがたい。宮司によく礼を言っておいてくれ」

霾雨が礼を言うなんて、聞いたことがない。目を瞠《みは》ると、霾雨は嫌そうにボリボリと頭を掻《か》いた。

「汚っ」

「うるさい。それよりお前、人に頼まれたからといってホイホイとここに来るな。今度からあの眼鏡の禰宜《ねぎ》にでも頼め」

供物がありがたいと言ったその口で、つれないことを言う。

「せっかく持ってきてやったのに」

むくれると、はあっと盛大なため息をつかれた。

「お前な。俺に何をされたのか、忘れたのか」

その言葉を聞いて、不意にあの夜のことを思い出してしまった。何度も口づけされ、身体の奥まで熱を感じた。何度も可愛い、美しくなったと甘い言葉を囁《ささや》かれた。

「……」

何か言わなければと思うのに、言葉が出ない。真っ赤になって黙ってしまった夜古に、壟雨は「あー」と、意味もなく声を上げた。

「そういう顔をするな。俺がいたたまれん。頼むから、無防備な顔で俺の周りをチョロチョロするな」

「なんだと。ずいぶんな言いようではないか」

せっかくブドウを持ってきてやったのに。だがもう、壟雨は夜古を相手にする気はないようで、動物でも追い払うように「ほら、もう行け」と手を振った。

「……壟雨のバカ」

「あ?」

小さく悪態をつくと、ぴく、と壟雨の眉《まゆ》が上がった。

「クソ蛇。たらしのニート」

「どこで覚えたんだ、そんな言葉」

「うるさい。俺だって、もうお前なんか知らん！」

言い捨てて、夜古は駆け出した。後ろから「転ぶなよ」と、笑いを含んだ声がかかるのに、腹が立つ。

こちらがどれだけ傷ついたか知りもしないで、勝手なことばかり言う。結局、彼にとって自分はその程度の存在なのだ。

涙が出そうだったから、道を駆け上がる間、ひたすら璽雨の悪態をつき続けていた。


本殿でふて寝をして、目を覚ますと、もう日が暮れかけていた。

「うう、璽雨め。一日を無駄にしてしまったではないか」

夜古様の分、と美和子からもらったブドウを食べてから、気晴らしに外に出た。ざっと境内を見回ってから、一つ目の鳥居を越えて階段を下りる。

夕方も遅い時間だからか、人の通りも見当たらない。

「もうすぐ、子供たちは夏休みか。毎日騒がしくなるな」

毎年、夏休みになると近所の子供ばかりか、祖父母の家に遊びにきたという、他所《よそ》の土地の子供なども神社にやってくる。

ろくにお参りもしないし、夜古を見つけると虫を採ってだの、鬼ごっこの鬼になれだのとうるさいが、今の自分にはいい気晴らしになる気がした。

（霆雨にとって俺は、ああいう感じなのかな）

ふと思う。騒がしく周りを動き回る子供たち。夜古も子供は嫌いではない。だが、泥んこになって駆け回る相手に恋心は抱かない。微笑ましいが、それだけだ。

嫌われてないからといって、そんなふうに思われているなら気持ちは複雑だった。夜古は愛玩《あいがん》されたいわけではない。遊び相手になりたいわけでもない。

霆雨にまっすぐ自分を見てほしいと思うのは、贅沢《ぜいたく》な望みだろうか。

「あれ？」

誰もいないと思っていた階段下の鳥居の向こうに、人が立っていた。いつの間に来たのだろう。よく見ると、昨日の女だった。

「こんにちは。また会ったわね」

夜古に気づくと、女は昨日と同じ艶めいた笑みを浮かべた。

「ああ。今日は足の調子はいいのか」

一日と置かずに来るとは思わなかった。尋ねると、女の笑みは物憂げなものになった。

「いいえ。今日も無理みたい。……日々弱っていたから、今日こそは入れると思ったんだけど」

最後の声は独り言のようで、夜古には意味がよくわからなかった。

「そうか、残念だな。ああ、『恋愛成就』のお守りのことだが。今は置いていないが、禰宜に頼んでおいたぞ」

女は一瞬、きょとんとして、それからすぐに笑みを深くした。

「そうなの？　嬉しいわ。ならそのお守り、手に入ったらここまで下りてきて、渡してくれるかしら」

夜古と女との距離は、さほどもなかった。階段二つ分、手を伸ばせば届く距離だ。二人を隔てるのは鳥居だけ。

なのに女は、まるでそこから先は決して入れないとでもいうように、そこから一歩も踏み出さない。

見かけではわからないが、よほど足が悪いのだろうと、夜古は判断した。

「わかった。俺が直接、お前に渡そう」

「必ずよ。また来るわ」

嬉しそうに、唇を引き上げて笑う。綺麗な女だった。

なのになぜか、夜古はその時、女が怖いと思った。


その日は、夜明け前から雨が降っていた。

清太郎の話では、大型の台風が近づいているのだという。朝ごはんはどうにか守田家で食べたが、次第に激しくなる雨に、夜古は午前中から本殿の戸を固く閉ざしていた。

「どうしてお前が来るのだ」

夜古は部屋の端に立つ男の影を、じろっと睨む。遠くで雷が鳴ったので、怖くなって夜具を引っ張り出していたら、彼が現れたのだ。

先日の無精ひげは消え、今日はまともな姿をしていた。

「俺には、会いにくるなと言ったくせに」

どこまで勝手なのだろう。つんとそっぽを向くと、壐雨は言いにくそうにぼそりとつぶやいた。

「嵐《あらし》が来ている。今回は特に、雷が激しくなりそうだ」

だから来たというのだ。夜古を慰めるために。

「お前の慰めなどいらん。帰れ」

そんなことで、こちらがいつでも尻尾を振ると思ったら、大間違いだ。

「俺は雷を克服した。無敵になったのだ」

漫画本で得たセリフで大見得を切ると、着物の後ろでこっそり、恐怖に萎んだ尻尾の毛を擦《こす》って空気を入れ、大きく見せる。

だがその時、本殿の外がカッと白んで、夜古は思わず「ひいっ」と悲鳴を上げてしまった。

「お、お、俺に弱点はない……誰も俺を倒せないっ」

「わかった、わかった。いいから来い」

夜具を握りしめてガタガタ震える夜古に、霆雨は宥《なだ》める口調で言って、腕を広げた。

それでも一瞬、躊躇《ちゅうちょ》した。思わずその胸に飛び込んだのは、間髪を容《い》れずに雷鳴が轟《とどろ》いたからだ。

鼻孔をくすぐる甘い水の匂いを、久しぶりに嗅《か》ぐ。男神の逞《たくま》しい胸に顔を埋《うず》めると、心底ほっとした。

腕の中にすっぽり包まれて、もう怖くはないのだと確信する。しかし同時に、ちっとも雷を克服などしていない自分に腹が立った。

今日は絶対に、霾雨の名を呼ぶまいと思っていた。自分一人で、夜具を被って耐えようと決めていたのに、このざまだ。

「俺は神なのに」

どうして雷くらい、我慢ができないのだろう。ちっぽけで弱い、本当の自分の姿を鏡に映されるようだ。

「お前はそれでいい」

心の中の葛藤《かっとう》を見透かすように、霾雨の声がした。

「雷に震えようが、お前の神格は揺らがない。こんな立派な本殿に祀《まつ》られる稲荷神なのだぞ。もっと自信を持て」

霾雨はやっぱりずるい。突き放したかと思うと、こんなふうに優しくする。それを嬉しいと思う自分も、たいがい懲りない。

「……今日は汚くないのだな」

ありがとう、と言うのもおかしいから、相手の胸に顔を埋めたまま、夜古はぼそっと言った。

「ん？　ああ。ブドウをくれただろう。それにあの後、眼鏡の禰宜が供物を届けにきた」

「清太郎が？」

夜古に使いを頼んだすぐ後に、珍しいこともあるものだ。

「桃をくれた。だが本当は、俺に文句を言いにきたんだ」

霙雨はその時のことを思い出したように、くすっと笑った。

「俺のせいで最近、お前の元気がないそうだ。これ以上お前に酷《ひど》いことをしたら、許さないと言っていた。人の身で神を許さないとは。恐れを知らない態度だな」

言葉のわりに、霙雨の声は楽しそうだ。

清太郎に気づかれていることはわかっていたが、わざわざ霙雨の祠に乗り込んでいたとは知らなかった。恥ずかしいが、清太郎の気持ちは嬉しい。

「神社に来る雀にも、顔を合わせるたびに小言を言われる。お前は愛されているな」

毎朝、餌《えさ》をねだりにくる年嵩《としかさ》の雀だ。あれからずっと、何か言いたげな顔でチラチラ見られる。あの日のことを口にされると恥ずかしいので、素知らぬふりを決め込んでいた。

「みんな優しい。人も鳥も、動物も。俺もみんなが好きだ」

「それがお前の力だ。宝玉の力に甘んじず、周囲のために働いている。それがわかっているから、みんなもお前を愛するようになった」

でもそれは、後ろめたいからだ。みんなを騙《だま》していることに、変わりはない。自分の罪をふとした拍子に意識して、いたたまれなくなる。

思わず霪雨の着物の襟を摑《つか》むと、霪雨は抱きしめる腕に力を込めた。頭の上に霪雨の顎《あご》が乗せられて、重いけど温かい。

外では相変わらず雷が光っているのに、顔を埋めて見えないせいか、それとも霪雨がいつになく喋《しゃべ》っているからか、恐怖は薄らいでいた。

「俺にはできないことだ。俺は人間というものが、昔から嫌いだった」

静かに告げられた言葉にはっとする。顔を上げようとしたが、霪雨の顎が乗っているので動けない。

腕の中でモゾモゾする夜古を、あやすように揺らしながら、霪雨は淡々と続けた。

「人は傲慢《ごうまん》で身勝手だ。殺し合い奪い合い、他の生き物をいたずらに殺戮《さつりく》する。神など見えていないくせに、自分に都合のいい時だけ縋《すが》るのだ。時にはこちらが欲してもいない贄《にえ》まで捧げて」

だから嫌いだった、ともう一度彼はつぶやいた。激するでもなく、低い冷静な声が、逆に霪雨の嫌悪を示しているようだった。醜いものを見続けて、怒って、やがて怒るのも疲れてしまった、倦怠《けんたい》のようだ。

「人のことなど、この土地のことなどどうでもよかった。ただ長い時間を持て余して、色欲に耽《ふけ》っていた」

「色欲」

急に生々しい言葉が出てきて、居心地が悪くなる。腕の中でぬくぬくしていたが、自分はこの男とただならぬことをしてしまったのだ。

ぴったり重なった身体に、あの日のことを思い出し、いたたまれなくなった。尻《しり》の下にただならぬぬくもりを感じ、さりげなく身体をずらす。

そんな夜古の頭上で、霪雨が飄々《ひょうひょう》と言った。

「おい、股《また》の上であんまりモゾモゾするな。そこを刺激すると、またまずいことになるぞ」

「な、何言って……このエロ蛇めが！」

慌てて飛び退《すさ》ろうとしたが、腰を抱きしめられた。ぎゃっと顔を真っ赤にしながら見上げると、霪雨がいたずらっぽい笑みを浮かべている。

「冗談だ。今日はちゃんと分別がある。震えて縋りついてくる相手に、つけ入るようなことはしないさ」

「俺は、震えてなどいない」

言い返すと、「そうだな」と、笑いながら言われた。

「安心しろ。昔の話だ。確かにあの雀が言った通り、かつての俺は色魔で無節操で見境がなかった。だが今は違う。ちょっとばかり女で大失敗してな。反省して己を戒めたのだ」

「女で大失敗」

璽雨らしい。言われてみれば、璽雨の祠を訪れるのは男の性を持つ妖ばかりだった。深く考えず、どちらもいける両刀使いだと思っていたが。

「なるほど。それで男色に走ったのか」

「違う。そういう意味じゃない」

ふんふん、と勝手に納得してうなずいていると、璽雨が珍しく慌てたような声を出した。

「男も女も、どちらともしていない。色事とはすっぱり縁を切っていたということだ。ここ百年ばかりは、昔の自分が見たらびっくりするほど、清らかな生活を送っていたんだぞ」

その言葉に、夜古こそがびっくりした。百年というのは、昨日今日の話ではない。

「嘘《うそ》だ」

「本当だ。もうずっと、誰かと閨《ねや》を共にすることはなかった。お前と寝たのが百年ぶりだ」

いた。

「妖の取り巻きどもがいるではないか」

烏《からす》の翠だけではない、さまざまなものが霙雨を慕って祠を訪れるのを、何度も目にしていた。

「俺の好色ぶりは、今でも語り継がれているらしい。断っても断っても、噂に尾ひれがついて、やっていないことまでやったことになる。俺と寝れば力が得られると聞くから、なおさらなのだろう」

「力……そうなのか？」

そんな話は初めて聞いた。だが、彼に抱かれた翌朝、妙に身体がすっきりしていたのを思い出す。

霙雨は困ったように笑った。

「俺に限ったことではない。神と交わることによって、妖は力を得る。神同士でも同じことだ。手っ取り早く力を増幅させるために、神同士で交わることもある。宝玉を持つ者なら知っている。が、妖は宝玉を持たないからな」

真実を知らないまま、事実がねじ曲がって伝わったのだろうと、霙雨は言った。宝玉の話を口にすることは、神々にとっての禁忌。だから妖には伝えられない。

「俺は知らなかった」

記憶がないとはいえ、宝玉を持つ者なら誰でも知っているという話を、知らないことがあるのだろうか。

「お前は……子供だったからだ」

「子供じゃない」

条件反射で叫んだが、もしや自分は、思っていた以上に若いのだろうか。

(でも、妖から神に昇格したなら、それなりの年月を経ているはずなのに)

なんだかわからなくなった。

「翠とも、何もない」

話題を変えるように、霪雨が唐突に言った。え、と思わず顔を上げる。金の目が、思わぬ近さでこちらを見つめていて、どきりとした。

「あれとは、昔からそういう仲ではない。まあ、お前が誤解しているとわかっていたから、わざと意味ありげな態度を取っていたんだが」

「どうして」

どうしてそんな態度を取ったのだ。そして今、それを打ち明けるのはなぜだろう。

ぼんやり見上げる夜古に、霪雨はふっと表情を和ませた。

「だから、お前が子供だったからだ。さすがの俺も、幼い者に手を出すほど悪食ではない」

「今はな。顔つきも、すらりとした手足も、華奢《きゃしゃ》だがちゃんとした男神のものだ。昔はもっとこう、全体的にコロコロしてただろう」

「してない」

「俺は子供ではない」

即座に言い返して睨むと、霙雨は楽しそうに笑う。暴れる夜古を抱きしめたが、なんだか子供にするようで、夜古にとっては面白くなかった。

「お前に、不必要に近づくまいとしていた。お前がどんなに懐いてきても、決して馴《な》れ合わないようにと。それでお前を傷つけることになっても、俺は寄り添うわけにはいかなかった。そう思っていた。だからお前を抱いた後、とんでもない間違いを犯したと、後悔したのだ」

霙雨の言葉の意味は、よくわからなかった。それでも、真剣な口調から、彼の本心が語られているのだということはわかる。

ずっと霙雨は夜古に冷たかった。たぶん、夜古の霙雨に対する気持ちも、気づいていたのだ。わかっていて、それでも冷たく遠ざけなければならなかった。理由はわからないけれど。

「夜古、お前は立派になった。俺が眩《まぶ》しく思うほどに。お前の泣き顔に抗《あらが》えないで、飲めない酒を飲むくらいに。そういうことに気づかない振りをして、でももう、目をそむけられないくらいに」

「霾雨？」

何が言いたいのだろう。呆然《ぼうぜん》と相手を見返すと、霾雨は笑って、夜古の額に小さく口づけをした。

「もう少し待ってくれ。ゆっくり、変わっていこう。まだ、片付けなければいけない問題がたくさんある」

遠くで落雷の轟音《ごうおん》が聞こえたが、もう夜古の耳には届かなかった。

今回のバイト代です、と言って、清太郎が紙のお金をくれた。

ペラペラの紙より、重みのある丸い貨幣の方がよかったが、守銭奴の清太郎が金をくれることなど滅多にない。黙って受け取った。

「で、これがお守り。一割引きなので、六百三十円（税込）になります」

お守りを渡され、今もらったばかりの紙のお金を取られた。

なんだか騙されているような気がしたが、お釣りです、とまた何枚かの紙幣と丸いお金をくれたので、すぐ上機嫌になる。

「俺は今日から大金持ちだな。よし清太郎、お前に何か買ってやろう」

銀のお金が四枚もある。そのうちの一枚は真ん中に穴が空いているので、たぶん、希少価値が高いはずだ。これで油揚げが何枚買えるだろう。

気が大きくなって言うと、「無駄遣いは駄目ですよ」と、すぐさまたしなめられた。

「そのお金は、夜古様が手をガクガクいわせながらお守りを作った、尊い労働の成果なんですからね。大事にして、使う時はよく考えてください」

「わ、わかった」

金については揺るがない信念を持つ清太郎である。迫力に押されて神妙にうなずいた。

清太郎もにっこりうなずいて、使い古したガマ口の財布を夜古にくれた。これに入れて、大事に持っていろということらしい。

「でも、なんで急にバイト代なんかくれるんだ？」

人件費削減だとかなんとか言って、今までさんざんタダ働きをさせていたのに。

先日、夜古が頼んでいた『恋愛成就』の素材が届いた。約束通り、夜古は本殿で一人、内職に励んで素材を組み立てた。

今日、ようやく全部できたので、段ボールいっぱいにできたお守りを社務所に届けにいったら、清太郎が急にバイト代をくれたのだ。

「だって夜古様、お守りが欲しいんでしょ。お金がないと買えないじゃないですか」

「それはそうだが」

「夜古様が、自分から何か欲しいって言ったの、これが初めてですからね」

それで急に賃金を支払ってくれたのだ。普段はがめつい禰宜の気遣いに、じんわりした。

「あ、でも、このお守りは俺が使うんじゃないぞ。女にやるのだ」

「女！」

夜古の口から「女」という単語が出るとは思わなかったのだろう。清太郎は眼鏡の奥の目を瞠って、素《す》っ頓狂《とんきょう》な声を上げた。

「夜古様ったら、いつの間に。水神様と上手くいかないからって、わりかし乗り換えが早いですね」

「おい、失礼なことを言うな。それに、霾雨とは……」

嵐の日を思い出し、ひとりでに赤くなる。あの日、不可解なことを言っていた霾雨は、雷が過ぎ去るまで本殿にいて、嵐が過ぎた翌朝に祠に戻っていった。

いつものように、夜古が眠っている間に帰ってしまうのではなく、目が覚めるまで待っていて、くしゃりと頭を掻きまぜて去っていった。

（なんだったんだ、あれは）

それから特に変わりはない。こっそり祠を覗いてみたが、先客に翠がいて、「またな」と言われた。

今までのように素っ気なくはなかったが、何やら深刻そうでそれ以上は近づけなかった。

「ほう、水神様と進展があったんですか」

気づくと、興味津々、という顔をして清太郎が覗きこんでいた。

「べ、別に何もない。俺と霆雨はそんな……お前がその、アレするような関係ではないのだ」

しどろもどろに誤魔化《ごまか》したが、誤魔化しきれた気がしない。清太郎もニヤニヤしていた。

「じゃあ、その女性とはなんでもないんですね」

「当たり前だ。ただの参拝客だぞ。足が悪くて階段を上れないから、俺が代わりにお守りを買って、渡してやろうと言ったのだ。いつも、下の鳥居の前までは来るんだがな」

あれからも、頻繁に女は来ていた。夜古がお守りはまだだと言うと、すぐに帰ってしまう。

足が悪いのを押してくるのだから、よほど切迫しているのだろう。まだお守りを用意していない、と言うのが心苦しかった。

だがこれで、あの女にお守りを渡すことができる。

「足が悪いのに、そんなに頻繁に来て大丈夫でしょうか。杖《つえ》をついたりしてないんですか?」

「ああ。平らなところは普通に歩いているようだ。しかし、鳥居から一歩も入れないのだから、やはり調子が良くないのだろうな」

女は黄昏時、不意に現れる。田んぼの畦道を歩いていって、気づくともう見えなくなっていた。田んぼの辺りは街灯もない。女の一人歩きは物騒ではないかと思うのだが、気にしたふうもなく帰っていく。

平地を歩く姿は危なげがなく、足取りも早くて、とても階段が上れないようには見えなかった。

「ふうん。不思議ですね」

清太郎はいつの間にか、からかいの色を消していた。真面目に考え込むような仕草に、不安になる。

「何か変なのか」

女は、深刻な病なのだろうか。だが、夜古が心配げな顔を見せると、すぐに「なんでもありませんよ」と明るい顔に戻った。

「でも気をつけてください。悲しいけど、世の中はいい人間ばかりではありませんから。油揚げをあげるとか言われて、誰にでもホイホイついていったらだめですよ」

「子供か、俺は」

幼い子供に諭すような物言いに、憤慨した。

「俺はもう行く。じきに夕暮れだ。女が来ているかもしれん」

いつも、薄闇の迫るこの時分に女は訪れる。

買ったばかりのお守りを握りしめ、社務所を出た。耳と尻尾をしまって、石段を下りる。

そこにはまだ、女の姿はなかった。

「今日は来てないのか」

勇んで来たので、ちょっとがっかりした。

このまま戻るか、それとも少し待っていようか。迷っていた矢先、女性の声がしてぱっと顔を上げる。

「お守り、手に入った？」

今日も艶めいた笑みを浮かべて、女が立っていた。

「ああ。これだ」

桃色の地に金の刺繍《ししゅう》で『恋愛成就』と書かれた可愛らしいお守りだ。握りしめていたそれを、夜古は得意げに見せた。

にんまりと、女が口の端を引き上げて笑った。

「じゃあ、ここまで下りてきて。私にそれをちょうだい」

女はやはり、階段を上れないようだった。神社の前の公道から、鳥居をくぐるまでは、段差らしい段差はない。それでも女は、鳥居の前から一歩も動かない。そのことに、夜古は違和感を覚えた。

「早く」

下りてこない夜古に焦《じ》れたのか、笑いを顔に張りつけたまま、急《せ》いた声で女は言った。

「早くしてよ」

「あ、うむ」

声が急に低くなって、なんだか怖いなと思った。早く渡して上に戻ろうと、階段を駆け下りた。

「早くしろ」

その間も女は早く早くと、呪文《じゅもん》のように言い続ける。様子がおかしい。

ようやく階段を下り、鳥居の前に立つ。お守りを女に渡そうと手を伸ばした、その時だった。

「夜古、鳥居から出るな！」

声がして、階段の中頃に霊雨が姿を現した。

「夜古様！」

それを追うようにして清太郎が、杜の途中、祠のある中腹辺りから、木々を掻き分けてやってくる。

二人揃って血相を変えて、いったいどうしたのか。それに、霊雨がこんな人前に姿を現すなど、これまで一度もなかった。

ただならぬ状況に、夜古は鳥居から出しかけた手を引っ込めた――引こうとした。

「捉《とら》えたぞ」

ゾッとするような女のしゃがれ声がしたかと思うと、鳥居から出た手首を摑まれ、信じられないような強い力で引きずり出されていた。

「身の程知らずの狐が。お前の中の宝玉をよこせ」

むっとするような汚泥の匂いが鼻をかすめる。振り返って、悲鳴を上げそうになった。

そこにいたのは女ではない。人ですらなかった。

腐った枯葉と土の塊が、老婆の形を取り、汚れた長い黒髪が土くれにぐちゃぐちゃと絡まっていた。

「夜古！」

霪雨の声が、とても遠くに聞こえた気がした。夜古の手首を引きずる腐臭のする土の手が、ずるりと解ける。

「あ」

すべては一瞬のことで、どうすることもできなかった。

腐った女の手が、夜古の腹にいとも簡単にめり込むのを、信じられない気持ちで眺めていた。

やがて身体から引き抜かれた土の手には、美しい宝玉があった。無色透明の、それは水の色だ。

（ああ……そうか。これは、霪雨の）

わずかの濁りもなく、どこまでも澄んだ水の宝玉。手にした土くれの顔が、愉悦に歪《ゆが》んだように見えた。

「霪雨殿。今度こそ、私と一つになろう」

「それを夜古に戻せ、豊売《とよめ》」

しゃがれた声が、オゥオゥと恨みがましい咆哮《ほうこう》を漏らした。

「我が竜神殿はお優しいのう。こんな取るに足らない妖など、あの時殺してしまえばよかったのに」

「黙れ」

霆雨が鋭い声を上げたと同時に、目の前に小さな稲光が走った。目のくらむ白い光に、土くれがあっと顔をそむける。宝玉が宙に浮かぶのを、夜古は次第に視力を失っていく両の目で、見るともなしに見ていた。

同じ景色を、過去にも見た。

澄んだ美しい宝玉が宙を舞い、割れてわずかに欠けるのと、辺りが白むほどの大きな稲妻が落ちたのとは、どちらが先だったか。

（霆雨の宝玉。——妖……そうだ。俺は）

ようやく思い出した。

自分は神ではなかった。宝玉を持たない、ただの妖だった。

五

杜の穴ぐらで春に生まれた子狐が、冬を迎える前に死んだ。

村の子供に可愛がられ、一緒に遊んだりもしたけれど、一人で狩りをして生き延びられるほど、その狐は強くなかった。

子狐を憐《あわ》れに思った土地神が、この世に留《とど》まりたいという願いを聞き入れて、わずかな神通力を与えてくれた。

半人前の妖、野狐《やこ》となった子狐は、それから幾年も村中をのびのびと駆け回った。

半妖の野狐にも、村人は優しかった。あるいは、ただの子狐と見分けがつかなかったのかもしれない。

そんな村人に触れ、野狐も時には杜に迷った村の子供の道案内をしたり、畑を荒らす山犬を山に追い返したりした。

その働きが認められ、野狐はやがて土地神の眷属《けんぞく》となる。

――もっともっと、村の役に立とう。

土地神に認められたのが嬉しくて、野狐はいっそう村を駆け回った。

そんな矢先だった。あの雷に打たれたのは。

ある時、夜道に迷った村人を迎えに、隣村の祝山まで赴いた。美しいが、ひどく恐ろしい女神が棲むという、曰《いわ》くつきの山だった。

怖々上った山の中で、山の女神と銀髪の竜神が諍《いさか》う場面に遭遇してしまったのだ。

怒り狂った女神が地を割り、竜神は雨風を降らして雷を呼んだ。激しく争い、宝玉を奪い合う、それは神々の殺し合いの場面だった。

野狐が最後に見たのは、宝玉が二つ、一つが粉々に砕け、もう一つが欠けて宙を舞うところ。目の前に閃光《せんこう》が走り、耳をつんざく雷鳴が轟いて、意識が遠のいた。

「では夜古様の神の力は、元は水神様、いえ、璽雨様のものだったのですね」

静かな声がした。優しい老人の声だ。

「そうだ。俺は元々、『最不ノ杜』の沼に住まう竜神だった。もっとも、今は沼の水も涸《か》れて小さな池になっているが」

（璽雨……）

璽雨の声だ。どこにいるのだろう。

「夜古を襲った女、豊売は祝山の女神だ。遊びのつもりで一度だけ情を交わしたら、夫婦になれと迫られた。そんな気はないとありていに断ったら、修羅場になったのだ」

「それは……女性が怒るのも仕方がないですなあ」

「霙雨様の無節操さには、我ら眷属もほとほと困ってたんです。それさえなければ、完璧《かんぺき》な男神なのにって」

呆れたような老人の声は徳一だ。もう一つ、聞き覚えのある軽薄な声が重なる。誰だろうと思い起こした矢先に、「翠」と霙雨の鋭い声がした。……そう、翠だ。

「最低ですね。完璧ですって？　ただ生まれながらに力を持っていた、それだけでしょう。慢心して、あげくに罪もない夜古様をあんな目に合わせたんじゃないですか」

苦々しげに、新たな若い男の声が聞こえた。清太郎だ。

「ああ、その通り、元凶は俺だ。どう言い訳しても、俺のしでかしたことは消せぬ」

「わかってるならどうにかしてください。夜古様を元の姿に戻してくださいよ」

「清太郎君」

怒りに声を荒らげる清太郎を、徳一がたしなめる。

「今は霙雨様を責めている場合ではないでしょう。我々も今後の対策のために、真実を知らなければ、夜古様を救うこともできません。それで、夜古様はあなた方の争いに巻き込まれ、偶然に宝玉を得たのですね」

「そうだ。夜古はたまたま通りかかっただけだった」

璽雨は静かに答え、そして語りを続けた。

祝山の女神、豊売との諍いは、文字通り死闘となった。相手の身を裂き、宝玉を砕かんと必死になった。

周りに目をくれる余裕もなかった。豊売に宝玉を奪われた璽雨は、最後の力を振り絞って雷を落とした。

その雷に、たまたま通りかかった野狐が打たれたのである。

同時に豊売の身の内にあった宝玉も砕け散り、璽雨の宝玉は豊売の手を離れたが、それは雷の衝撃で割れ、大きな欠片《かけら》が野狐の身体に入り込み、落雷で命を落とすはずだった野狐は生き延びた。

璽雨もまた、飛び散った小さな欠片を身の内に入れ、どうにか助かった。野狐の身体から宝玉を取り戻すこともできたが、それでは野狐が死んでしまう。ただ通りかかっただけの野狐が、それではあまりに不憫《ふびん》だった。

璽雨は、雷に打たれた衝撃でか、目覚めない野狐を抱いて、己の住まいである最不ノ杜へ逃れた。

野狐が目覚めないまま時が過ぎ、その間も宝玉によって、杜とその一帯は人々に恩恵を与え続けた。村は栄え、いつしか人々は杜を神の住まう場所と崇《あが》め、社を建てた。

「先の戦が終わる頃、夜古は目覚めたが、記憶を失っていた。自分を生まれながらの神だと信じていたが、俺はそれでもいいと思った」

誰の身にあろうとも、宝玉の力は土地とそこに住まう命を守り続ける。璽雨は祠の水神に身をやつし、夜古を見守った。

「豊売がまたいつ、復活してくるかもしれなかったしな」

「そういえば、その祝山の女神様は、戦いの後どうなったのですか？　璽雨様の今のお話では、女神様の宝玉も割れたようですが」

「俺と同じだ。砕けた宝玉を拾い集めた。だが、すべては集まらなかったのだろう。あの女はこの村まで俺を追いかけて、そこで出くわした土地神を殺し、宝玉を奪った。……夜古が眷属として仕えていた土地神だ」

「なんと……」

璽雨の言葉に、徳一の沈痛な声が漏れた。

（杵築《きづき》様）

話し声を聞くともなしに聞きながら、夜古は自分を可愛がってくれた土地神の名を思い出していた。あの神様はもう、どこにもいないのだ。

「欠片を寄せ集め、土地神の宝玉を奪ったが、満身創痍《まんしんそうい》だったのだろう。杜に辿《たど》りつく前に力が尽きたようだ。祝山に戻ると、地中深くに潜り込んだ」

そうして山の持つ力、その山に住まう命を食らって力を蓄え続けた。

「だから祝山の土壌はもろく、ろくに木々が育たなかったのですね。息子の嫁があの辺りの出身ですが、昔から祟《たた》りがあると言い伝えられている山で、近隣の住民は滅多に入らないのだとか」

「それで、今になってその、山の女神とやらが現れたのは、すっかり力を取り戻したってことですか」

「霆雨様の雷で退いたところをみると、まだ完全ではないのでしょう。このタイミングで現れたのは、祝山の宅地造成のせいではないかな」

清太郎の問いに応《こた》えたのは翠だ。

「俺は、霆雨様の命を受けて、他の眷属とともにあの辺りを見回っていました。開発は難航しているようですが、人間の技術は侮れません。山が崩されてしまったら、さすがの女神もおちおち眠ってはいられなくなる」

そこで女神は、まだ完全には力が戻らないまま、地中から這い出したのだろう。

「豊売は、俺と一つになろうと言っていた。あれが持つのは愛情ではなく、妄執だ。俺の宝玉を奪って、さらに強い力を得ようとしているのかもしれん。そうであれば、貪欲《どんよく》なあの女のことだ、夜古の中の欠片も余さず奪いにくるだろう」

「いやそれよりも、霪雨様は一度ならず二度までも、己の身を顧みず夜古様を助けようとした。夜古様を生かしておくために、大事な宝玉を預けっぱなしだったんです。嫉妬《しっと》深いあの女神が、夜古様を狙《ねら》う理由はこれで十分でしょう」

「ふざけた言い方しないでください」

翠の気軽な物言いに、また清太郎が激昂《げっこう》する。

「神様だかなんだか知りませんけどね。下衆《げす》な争いに力のないものを巻き込んで。さっき、見守るとか言ってたけど、水神様は夜古様に意地悪ばかりしてたじゃありませんか。そのあげく、女神からろくに守りもできずに、夜古様をあんな姿にしたんです。俺、あなたに言いましたよね。夜古様をこれ以上傷つけたら、許さないって」

（清太郎。そんなに怒るとはお前らしくない。どうしたのだ）

口に出したつもりだったのに、どこからか「クン」と獣の声がした。

（何か動物がいるのか）

もう一度、声を出そうとする。だが声は出ず、代わりにやはり、獣が「ウァン」と鳴いた。

「夜古」

声とともに、からりと建具を引く音がした。部屋の向こうから光が差し込み、眩しくて、彼は目を細める。

「気がついたか、夜古」

銀の髪に金の瞳《ひとみ》。目の前の美貌《びぼう》をよく知っているはずなのに、見たことがない気がした。

（そうか。この人は、竜神だ）

どうして蛇だと思ったのだろう。澄んだ水の気を湛《たた》えた男神は、雷雨を呼び水を操る竜神だった。

「夜古様」

聖雨の後ろから、清太郎の泣き出しそうな顔が覗く。小柄な男だったはずなのに、どうしてか今は、とても大きく感じられる。

「ウァゥ……」

清太郎、と呼びかけて、自分から発せられた獣の声にびっくりした。慌てて自分の身体を見下ろすと、全身が赤茶色の毛に覆われている。手も足も、狐のそれだった。

「落ち着け、夜古。宝玉を抜き取られた衝撃で、妖の時の姿に戻ってしまったのだ。だが一時的なことだ。腹の中の宝玉の欠片が馴染《なじ》めば、すぐに人形《ひとがた》が取れるようになる」

璽雨が宥めるように言う。

(元の、妖の姿)

ようやくすべて、思い出した。あれは夢ではなかった。自分は神などではなく、ただの妖だった。

(俺が宝玉を奪ったから、璽雨は、この方は、力を失って小さな祠の蛇神に身をやつしていたのだ)

なのに自分は、そんな彼の前で稲荷神と名乗り、のうのうと本殿に祀られていた。宝玉を奪った当人から、自堕落だ力がないと言われて、璽雨はどんな気持ちでいたのだろう。

(盗人の妖の身で、この方の心が欲しいと願うなんて)

恐れ多い。一時でも、対等に口をきいていた自分に震えがくる。それほどに、この竜神と妖の自分とは、立場が違うのだ。

夜古が仕えた土地神の比ではない。天を駆ける竜神は、名もなき妖が顔を見ることすらおこがましい。翠のような力ある妖だからこそ、近くに寄れるのだ。自分のようなしがない者は、恐れ畏《かしこ》まって、額《ぬか》づかなければならない相手だった。

『申し訳ありません』

ブルブル震えながら、夜古は妖の言葉を発した。

「夜古?」

『申し訳ありません。俺が宝玉を奪っていたのです』

「そうではない。悪いのは俺だ。妙な言葉遣いはよせ」

霙雨が近づいてきて、夜古は『ひっ』と慄《おのの》いた。絶大な宝玉の力を湛えた竜神が恐ろしい。妖の身など、一捻《ひとひね》りで潰《つぶ》されてしまう。

『申し訳ありません。どうかお許しください、霙雨様』

「夜古……」

霙雨が呆然とするのが見えたが、夜古はただ恐ろしかった。雷の鳴る日に震えていたのと同じ、理性ではどうすることもできない恐怖心が夜古を支配している。

「霙雨様。私には夜古様の声は聞こえませんが、どうも怯《おび》えていらっしゃる。今日はお帰りになって、少し落ち着くまで待ちましょう」

徳一が労《いた》わるように声をかけたが、霙雨はその言葉が耳に入らない様子で、ただ立ち尽くしていた。翠がその肩にそっと手を置く。

「霙雨様、行きましょう。今のあなたは、夜古様を怯えさせるだけですよ。禰宜さん、とりあえず、ここは安全なんだよね?」

「結界を張りました。あなた方のとはちょっと違う、西洋式の結界ですが。一応、これで

この徳一さんの家は、女神からは見えなくなります」

翠の問いに、清太郎がきっぱりと言った。

「西洋魔術ってやつ？　禰宜君、大学でおかしな研究ばっかりしてたんだ」

「そのお蔭《かげ》で今、助かってるんでしょう」

こんな時でも軽い口調の翠と、喧嘩腰の清太郎の声を、夜古は毛布の敷かれた籐《とう》の網籠の中で、震えながら聞いていた。

（結界。霙雨様が俺に結界を張れと言っていたっけ）

本殿に来るたびに小言を言っていた。でも夜古は、どうすれば結界が張れるのかわからなかった。

元は力の弱い妖だったのだから、今考えれば当然だ。でも、神なのに知らないのかと言われるのが怖くて、言い出せずにいた。

『……ごめんなさい』

ただの妖だったなんて。霙雨に酷いことをした。清太郎たちにも、神ではない者を祀らせるような真似《まね》をさせた。

今は人の言葉すら紡げない。己の身が惨めで、毛布の中で小さくなった。

「夜古」

言い合う清太郎と翠の間で、璽雨が夜古の消え入るような言葉を聞きつけた。名前を呼ばれて、びくっと震える。

「璽雨様、駄目ですよ。帰りましょう」

「先に行ってくれ。徳一、禰宜、頼む。ほんの少しの間でいい、夜古と二人きりにしてくれないか」

清太郎がそれに、何か言いかけたが、徳一に柔らかく押しとどめられた。

「では我々は、下に行ってましょう」

部屋の襖《ふすま》が閉まり、トントンと階段を下りるような音が聞こえた。

静かになったが、さほど広くない部屋の中は、竜神の水の気配でいっぱいになった。

「夜古、聞いてくれ」

やがて、璽雨のそっと気遣うような声がした。震えながら籠の中に身を伏せていた夜古は、こっそりと籠の縁から様子を窺《うかが》う。竜神は悲しげな目でこちらを見ている。

「お前の身体の中には今、俺が今まで身の内に入れていた小さい宝玉の欠片が入っている。お前の中にあった大きい方は、俺の中だ。どちらも馴染むまで、少し時間がかかる。だが馴染めば、お前は元の人形を取れるようになるだろう」

璽雨の言葉に、ようやく自分の身に起こったことを思い出す。

女に引っ張られて、鳥居の外に出た。女が恐ろしい土くれの老婆に変わり、夜古の身体の中にあった宝玉を抉《えぐ》り取ったのだ。

（あの後、どうなったのだろう）

璽雨の身体に戻ったというなら、取り戻せたのだろうが、女神はどうしたのか。そして自分はなぜ、神社ではなく徳一の家にいるのか。

知りたかったが、璽雨に尋ねる勇気もない。だが璽雨は、そんな夜古の内心に気づいたように、ここに至る経緯を説明してくれた。

このところの祝山の状況を気にかけていた璽雨は、清太郎が桃を持って訪れた折、何か周辺で変化があったら知らせてほしいと、話しておいたのだそうだ。

夜古が女の話題を口にしたことから、清太郎は慌てて璽雨に知らせにいったらしい。

璽雨はわずかな力を駆使して、日頃から神社の周りに結界を張っていたから、女はお守りを渡してくれと言って、夜古を鳥居の外におびき寄せた。

駆けつけた璽雨は、小さな宝玉の欠片の神通力でどうにか女神から宝玉を奪い取ったが、それ以上、女神を退けるほどの力は残っていなかった。

やむなく奪われた大きい宝玉を自分の身体に入れて女神を退け、夜古には自分の中に入っていた小さな欠片を入れて蘇生《そせい》させた。

「豊売を屠《ほふ》るには、どうしても宝玉の力が必要なのだ。すまないが、かたがつくまで俺に貸してくれ」

　貸すもなにも、元々は璽雨の宝玉なのだ。本当なら、夜古の身体の中の欠片も差し出すべきなのに、まるで夜古に返してくれるような物言いだった。

「この宝玉はもう、お前のものだ。俺は慢心して、つまらない争いを生むだけだったが、お前の中に入ってから、宝玉は土地を守る本来の役目を果たすようになった。だからお前が持っているべきものなのだ」

　そんなわけはない。夜古はただの妖だ。だって、竜神様の前にいるだけで恐れ多く、ひとりでに震えがきてしまう。

　今の夜古にはもう、本殿に稲荷神として祀られていた頃の誇りも自負もなかった。ただひたすら恐ろしい。自分を取り巻く何もかもが、怖くてたまらなかった。

　何も答えず、震えたままの狐に、璽雨は少し悲しそうな顔をした。だがまた、すぐに優しい目に戻る。

「お前はしばらく、この徳一の家に匿《かくま》われてくれ。俺の中の宝玉も馴染まず、まだ上手く結界も張れない。今、豊売が来ても、俺一人ならなんとかなるが、他の者を守れる自信がない」

紀一郎たちにもわけを話し、神社に人が立ち入らないよう、しばらく封鎖することになったのだそうだ。紀一郎たちも近くの親戚《しんせき》の家に避難するという。

「この家は清太郎が結界を張っているから安全だ。油揚げが食べ放題だと徳一翁が言っていたぞ。今は何も考えず、ゆっくり休んでくれ」

また来る、と告げて、霆雨は消えていった。

畏怖《いふ》すべき水の気配が消え去る。ほっとするはずなのに、自分のいる場所がひどく寒く、広く感じられた。


『笹川豆腐店』は、店主の徳一とその長男、長男の嫁で切り盛りしている。

朝、日が出る前から起きて大豆を洗い、豆腐を作り始める。店の二階が住居になっているが、今そこに住んでいるのは徳一だけだ。

妻は少し前に亡くなった。長男は元はサラリーマンで、退職して豆腐屋のある商店街近くの自宅から毎日、嫁と一緒に通っている。幼い頃は兄弟たちとよく、神社にも遊びにきたものだが、思春期になってからは姿を見せなくなったし、夜古のこともう、覚えてはいないかもしれない。覚えていたとしても、今の姿を見て夜古とはわからないだろう。

夜古は店の二階、一番奥の仏間に匿われていた。

毎日、特にすることはない。朝、すり潰した大豆を煮る匂いに目が覚めて、ぼんやりする。豆腐作りの作業が一段落すると徳一が二階に上がってきて、油揚げをくれた。たまに厚揚げだったり、豆腐だったりすることもある。出来たてなので、食べ慣れた夜古でもびっくりするほど美味《お》しい。

満腹になると眠り、店が閉まる頃にまた徳一がやってきて、ごはんをくれる。そうして一日が過ぎていくのだった。

どこから知られるかわからないため、夜古が二階にいることは秘密だったが、ある時、徳一の長男に見つかってしまった。

最初のうち、豆腐屋で動物を飼うなんて、と長男は怒っていて、その声が夜古にはひどく恐ろしかった。

「被毛が飛び散らない種類だから、大丈夫。頼むから内緒にしてくれ。誰かに見つかると、殺処分になるかもしれない、曰くつきの狐なんだ」

徳一がそう言って、どうにか含めてくれた。

「子供の頃、俺が犬を飼いたいって言っても許してくれなかったのに」

長男はしばらくブツブツ言っていたが、それからたまに、二階に覗きにくるようになった。徳一よりせかせかした男だが、彼の息子らしく根は優しい。

ただ、「油揚げは狐によくない」などと言って、しきりにドッグフードを食べさせようとするのには辟易《へきえき》したが。

豆腐屋の二階に居候して二日になり、三日経っても、夜古は狐の姿のままだった。このまま元に戻らないような気さえしてくる。

(俺は下っ端の妖だから、当然だ)

同じ妖でも、人に化けるのではなく常に人形を取り、人語を操れるのは、翠のような強い力を持つ者だけだ。

身体の中にある欠片は、借り物の宝玉。とても小さい欠片だが、それすらも身の内に入れているのが申し訳なく、恐れ多い。

一週間が経ち、清太郎が様子を見にきた。

「ずっと来られなくてすみません」

清太郎が頻繁に出入りしていると、噂好きの鳥たちの口から話が広まり、祝山にまで聞こえるかもしれない。そんな配慮から、ずっとここに来るのを控えていたのだそうだ。

豆腐屋の周りに書いた封印を綻《ほころ》びがないよう書き直し、さらに夜古のいる仏間の入り口と窓にも封印を書いた。夜古の目には、マジックでわけのわからない模様を描いているようにしか見えないのだが、西洋魔術とはそういうものらしい。

「これで、妖や神様は入れないでしょう。人間と、あと霆雨様だけ入れるようにしておきましたから」

霆雨の名が出て、耳がひとりでにぴくりと動く。清太郎は少し微笑んで、「触ってもいいですか」と聞いた。

今の夜古は人の言葉が話せない。なので頭を差し出すような仕草をすると、「ありがとうございます」と言って、夜古の頭をそっと撫《な》でた。

「フカフカで気持ちいい。癒《いや》されますねえ。そうだ、境内のあいてる場所に『狐カフェ』を作りましょうよ。猫カフェみたいな感じで。きっと儲《もう》かりますよ」

(なんだと。俺を金儲けに使うな)

清太郎が気軽な口調で言うから、つい、いつもの調子で怒ってしまった。「ウワゥン」と剣呑《けんのん》な声が出る。清太郎は意味がわかっているかのように、あははと笑った。

「霆雨様は、少しずつ宝玉が馴染んで、力を取り戻しつつあるそうです」

不意に真面目な声になって、清太郎は言った。

「あの方に、さっさと怖い女神を倒してもらいましょう。愛想はないし、話で聞いてる限り下半身の方面はダメっぽいですけど、力はあるようですからね。そうしたら、神社に帰れますよ。父さんも母さんも、夜古様がいなくて寂しがってます」

（でも俺は、神ではないのに）

みんなを騙していた。記憶がなくても、宝玉の力が自分の力ではないと知っていたのに、黙っていたのだ。

（怒らないのか、清太郎）

夜古は顔を上げて、自分を撫でる禰宜の姿を見た。清太郎は、夜古の心の声を理解しているかのように、眼鏡の奥の目を細める。

「自分が神様でなかったことを気にされてるんですか。神様でも妖でも、夜古様は夜古様ですよ。今までも神様の力を使わないで、たくさん働いてくれてたじゃないですか」

それにね、と優しい声が続く。

「別に、無理に役に立とうとしなくてもいいんですよ。生まれた時から一緒に暮らして、夜古様は俺たちにとって家族なんですから」

狐のままでもいいんですよ、と清太郎は言う。

「みんなで神社に帰りましょう」

（俺も帰れるのか。帰っていいのか）

狐の夜古の目から、ぽろぽろと涙がこぼれる。自分も涙ぐんだ清太郎が、誤魔化すように夜古の被毛に顔を埋めた。

翌日は、一日雨が降っていた。たっぷりと水気を含んだ空気が、夜古のいる仏間を満たしている。

「この夏はずっと雨が降らなかったから、ありがたいですね」

仏壇に花を供えながら、徳一が夜古に話しかける。仏壇には徳一の妻と、徳一の両親の位牌《いはい》が置かれていた。徳一は毎日、花の水を替え、枯れたら新しいものに取り換えている。線香に二本だけ火を灯《とも》してお鈴を鳴らし、手を合わせる。夜古もその時は籠から出て、徳一に倣って頭《こうべ》を垂れた。

夜古は仏の姿を見たことがないし、妖が仏壇を拝むのはおかしいかもしれないけれど、今はそうするのがいい気がした。

「ありがとうございます。妻も喜びますよ」

一緒に拝む夜古に、徳一はそう言って目を細めた。仏壇の花を替えると、徳一はまた、一階の豆腐屋に戻っていく。長男と嫁が手伝っているが、なかなか忙しいようだ。

（俺も何かしたい）

昨日、清太郎に会って、気持ちが上を向いた。

神でも妖でもいいと、彼は言ってくれたのだ。徳一だって、すべてを知ってもまだ、こうして夜古を匿い、何かと気にかけてくれる。

いや、そもそも、神と人間を混同している美和子や、本物の狐だと思い込んでいる徳一の長男だって、夜古に優しかった。役に立つとか立たないとか、そういうことではないのだ。

自分は、たとえ何かの役に立たなくても、存在していていいのだ。

役に立たなくていい。だからこそ、何かの役に立ちたい。後ろめたさから思うのではなく、土地神の眷属だった頃を思い出していた。

（人の姿に戻ろう）

とても自然に、その考えが浮かんだ。

霾雨は、宝玉の欠片が身体に馴染めば、人形を取れるようになると言っていた。

人の姿になれば、たとえ今、家に籠《こも》りきりだとしても、徳一の手伝いくらいはできるかもしれない。小さなことでもいい。

試しに『えいっ』と気合を入れてみたが、狐のままだった。尻尾を擦ったり、ぐるぐる駆け回ったりするが、一向に変わる気配はない。

土地神の眷属だった頃は、人の姿を頭に思い描いてくるんと一回転すると化けることができた。試してみたが、上手くいかない。

(どうすれば戻れるのだろう)

それともまだ、宝玉が馴染んでいないのだろうか。

何度もやっているうちに疲れてしまい、ちょっと休もう、と籠に戻って、そのまま眠ってしまった。

それからどのくらい、時間が経っただろうか。

「……やっぱり、お前はお前なのだな」

そっとつぶやくような、優しい声が聞こえて、覚醒《かくせい》した。ぽっかり目を開く。

籠の横に霾雨が座って、こちらを眺めていた。

『霾雨様』

今日は不思議と、前より怖くなかった。その優しい目のせいだろうか。だが霾雨は、夜古が『霾雨様』と呼ぶと、少しだけ傷ついた顔をした。

「元気でいたか」

『……はい』

漂ってくる水の気配に、恐縮しながらもやはり、以前に比べて震えるほどの恐ろしさはなかった。とても強い神だとわかるけれど、剝《む》き出しの威圧感は消え、代わりに大きな木の陰に寄り添うような、心強さを感じる。

「ようやく宝玉が馴染んだ。豊売の来襲が早いか、馴染むのが早いか気を揉《も》んでいたのだが、どうにか間に合ったようだ。今度はこちらから仕掛ける。その前に、お前に会っておきたくてな」

では霆雨は、女神と戦いにいくのだ。

不安を覚え、思わず聞いていた。

『大丈夫なのですか』

「大丈夫だ。これで最後にする。女神を屠り、この土地に住まう者たちが安寧に暮らせるようにしよう。……生ける者を守る、それがおそらく、宝玉を持って生まれた者の本来の使命なのだ」

穏やかだが、決然とした声だった。それからふと、夜古に向かって「触ってもいいか」と尋ねる。夜古がおずおずうなずくと、大きな手が伸びてきて、そっと夜古の頭を撫でた。

「俺はその使命を長らく放棄していた。以前にもお前に話したな。生きる意味もわからず、ただ力だけを持て余して自堕落に暮らしていたと」

　それで、祝山の女神と諍いになったのだ。夜古の被毛を撫でていた手が止まる。霻雨が徐《おもむろ》に深く頭を下げたので、驚いた。

「夜古、すまなかった。俺の愚行がお前の命を奪ったのだ。あまつさえ、記憶を失ったお前に何も打ち明けず、無為に傷つけ続けた」

『やめてください。心得違いだったけど、俺は神社に暮らして幸せでした』

　守田家やこの土地の人々、最不ノ杜の動物たちに囲まれて、楽しかった。生まれたその年に死ぬはずだったただの子狐が、ここまで生きていろいろな物を見て、味わえたのだ。それはとてつもない幸福だった。

　夜古がそう言い募ると、霻雨は眩しそうに眼を細めた。

「やはりお前はお前だ、夜古。妖や神の身分など関係ない。お前が宝玉を持ってよかった」

「でもそれは」

「俺はな、夜古。お前が目覚めたら、一言謝って、俺の中にある宝玉の欠片も渡すつもりだったのだ」

　夜古の言葉を遮って、霻雨は言った。その言葉に、はっとする。たとえ小さな欠片でも、宝玉がなくなれば神は滅してしまう。

「己の命など、惜しくはなかった。どうでもよかったのだ。元より、生きているのか死んでいるのかわからなかったのだから」

ところが、目覚めた夜古には記憶がなかった。しかも、自分を元から宝玉を持つ神であったと勘違いしているようだ。

だが、その宝玉が自分自身の物ではないということは、理解している。どう説明したものか、こちらが迷っている間に、夜古は人間を助けて働き始めた。

「宝玉をろくに操れない、中途半端な状態なのに。それでもお前は懸命だった」

神だと自負しているくせに、役に立とうと奔走している。そんな夜古の様子を観察しているうちに、璽雨はいつしか、目が離せなくなっていた。

もう少しだけ留まって、夜古の行く末を見てみたい。それは最初のうち、ただの好奇心だったのかもしれない。

夜古が目覚めて一年経ち、十年経ち、杜の神社にはやがて立派な本殿も建てられる。それでも夜古は慢心せず、人とともに働いた。その間、璽雨は末社の水神に身をやつしていたが、夜古はそんな璽雨にも懐っこく寄ってきて、供物のお裾分《すそわ》けなどしてくる。

ずっとそばで見ていたから、知っていた。

霙雨をちらちらと眩しげな目で見ていること、懸命に土地の生き物のために働きながら、宝玉が自分のものではないことを後ろめたく思っていること。そして、雷鳴が轟く日は、誰にも言えずに恐怖を噛《か》みしめていることを。

「お前に抱いた気持ちがなんなのか、俺にはずっとわからなかった。目が離せない、ずっと見ていたいのに、これ以上、見ないようにしたいと思う。会うと困惑して苛立《いらだ》つのに、お前の顔を長らく見ないと寂しく思う」

夜古は目を瞬《しばた》いて霙雨の声を聞いている。彼がそんなに自分を気にかけていたとは、思わなかった。ずっと煙たがられていると思っていたのに。

「俺はおそらくお前に、あらゆる感情を抱いていたのだ」

夜古を死なせ、運命を大きく狂わせてしまった罪悪感。憐れみと、それでも健気《けなげ》に働くことへの尊敬の念。

同時に、霙雨自身は人々に恐れられるばかりであったのに、元妖の夜古が人々から愛され、祀られることに憧憬《しょうけい》と嫉妬の感情を覚え、慢心していた己を省みて自己嫌悪に陥る。

さまざまな色が混ざった複雑な思いは、小さくなるどころか膨らんでいく。

そしていつ頃からだろうか。年を経るにつれ成長し、立派な男神として煌《きら》びやかになっていく夜古の姿を見ると、とうに捨てたはずの欲が戻ってくるようになったのだ。

近くに寄られては苛立ち、冷たくあしらい、その姿に傷つく夜古の姿を見てまた新たな、わけのわからない情動が渦巻く。

夜古に近づかれたくなくて、眷属であった翠に協力させて、意味ありげな素振りをしてみたり、他の妖や神々にだらしのないふうを装ったりもした。

それで、夜古がしょんぼり帰っていったり、壐雨に反発するような態度を見せると、以前にも増して心の内がもやもやする。また懲りずに現れる夜古に安堵し、気持ちが浮き立つのだが、しばらくすると罪悪感や憧憬、嫉妬と情動の混じった苛立ちがぶり返して、ぐるぐると同じことを繰り返してしまうのだ。

翠には、「あなたはいったい、何がしたいんですか」と呆れられていた。

「おかしいだろう。気の遠くなるような年月を生きてきたのに、その気持ちがなんなのか、本当にわからなかったのだ。俺は呆れるほど愚かだった」

しかし、夜古の泣き顔を見ていられなくて、苦手な酒を飲んだ時、ついに箍《たが》が外れてしまった。

ずっとこうしたかったのだと、己の気持ちを自覚して、我に返った時、ひどく後悔した。

「いつからか、俺はお前を愛《いと》しく思っていた」

壐雨は悲しげに、愛しいという言葉を紡いだ。涙のようなその声が、ぽつんと夜古の耳に落ちる。

長い月日を生きてきて、誰かを心から愛しいと思うのは初めてだった。

けれど、愛してはいけなかった。不用意に近づいてもいけなかった。自分は夜古の運命を狂わせた張本人、いつか彼に残りの宝玉を渡し、滅するのだということを今さらに思い出した。愛を覚えたからこそ、その罪を以前よりはっきりと意識したのだ。

それで霎雨がしたのは、卑怯《ひきょう》にも逃げ出して、祠に閉じこもることだった。

一度気づけば、夜古が狂おしいほど恋しくなっていく。そんな相手の運命を狂わせ、傷つけ続け、最後には無体を働いたのだ。

「お前を悲しませていると、眼鏡の禰宜に言われるまでもなくわかっていた。ずっと元気がなかっただろう」

被毛を撫でる優しい手つきに、思わずうっとりする。

自分を愛しいと言うのは、本当だろうか。今もそう思ってくれているのだろうか。

「それでもお前は、ブドウを持ってきた」

霎雨は悲しげな眼を和ませ、少し笑った。

「しょんぼりしていたかと思ったら、キャンキャンと怒り出して。俺のことを散々ののしってくれたな」

『あ、あれは……』

本当に腹が立っていた。今思うと、恐れ多いことだけど。首を竦《すく》めると、「いいんだ」と璽雨は笑う。

「あの時、観念したんだろうな。俺はお前に勝てない。お前を思う気持ちにも抗えない」

夜古が愛しい。己の浅慮を悔いても、罪に震えてもそれは消せない。そして夜古も強かった。宝玉のことではない、心がしなやかなのだ。

この稲荷神と寄り添えるように、今こそ自分が変わらなくてはならないと気づいた。

「その折に、祝山のことが耳に入った。いつか女神が現れると思っていたのだがな。そう不安な顔をするな。豊売を滅する。今度こそ、あの妄執と決着をつけねばならぬ。そしてお前と、この土地の者たちが健やかに暮らせるようにしよう。その決着の前にお前と会ってどうしても伝えたかった」

愛している。もう一度、璽雨は言った。

『璽雨様』

凛《りん》とした声音にはっとして、思わず名前を呼ぶ。

「一度でいい、璽雨と呼んでくれないか。以前のように。俺の前ではツンとして、強気を装うお前が好きだったのだ」

（好き。……霆雨様が、霆雨が、俺を）

半信半疑に聞いていた霆雨の愛が、すとんと夜古の中に落ちてくる。途端、水が湧き出るように、心の底から喜びが溢《あふ》れた。

（俺も好き。霆雨が好き）

するん、と枷《かせ》が抜けたような気がした。視界がぱっと高くなり、足が寝ていた籐の籠に引っかかって転んだ。狐の足ではない、人の形をした足だ。

「夜古、お前」

戻ったのか。嬉しげに言う霆雨の金の瞳には、人の形をした青年の姿が映っている。耳と尻尾も、そのままだったけど。

「霆雨」

男神の名前をはっきりと口にした。もう、恐れない。

「俺も、霆雨が好きだ。ずっとずっと好きだった」

叫んで、大きく広げられた霆雨の腕の中へ飛び込んだ。強く抱きしめられ、夜古もぎゅっとしがみつく。

「夜古。愛している。お前と出会えてよかった」

震える男神の声が愛しかった。二人は長いこと、そうして抱き合っていた。

遠くで、ごお、と何かが咆《ほ》えるような音を聞いた気がした。続いてドン、という大きな音とともに足元が揺れる。

ひっそりと抱き合っていた霆雨と夜古は、同時に顔を上げた。

「来たか」

女神の来襲だった。地震は止《や》まず、仏壇の花が音を立てて落ちた。階下で徳一たちの声がする。

「夜古様、大丈夫ですか」

まともに歩くのも覚束《おぼつか》ない揺れの中で、徳一が階段を這い上がってきた。

「俺は大丈夫だ。徳一、無理をするな！」

仏間に現れた徳一は人形に戻った夜古に目を瞠ったが、隣に霆雨の姿を見て、納得したような顔をした。霆雨が抱擁を解く。

「そろそろ、行かねばならん」

「待ってくれ、俺も行く」

夜古の身の内にも宝玉がある。小さな欠片でも、霾雨は神社に結界を張り、一度は女神を退けることができたのだ。人形に戻ったということは、夜古も身に宝玉が馴染んだということ。及ばずながら、応戦したかった。

「駄目だ。お前は来るな」

だが霾雨はすぐさま、夜古の願いを退けた。

「豊売の力は大きい。宝玉の割れた欠片の寄せ集めとはいえ、土地神を一人食っている。おまけにこの時まで山の命を食らい、力を蓄え続けてきたのだ。今の俺がようやく互角というところだろう。俺は、お前までは守れない」

足手まといなのだ。悲しくもどかしいが、それでも我を通している場合ではなかった。しばらくすると揺れはおさまったが、咆えるような地鳴りは続いている。

「『最不ノ杜』に行き、あの場で決着をつける。ことが済むまであの周りには近づくな。徳一、お前もだ」

「わかっております。紀一郎さんたちが以前から氏子に根回しをして、町内の人間はあの周りに近づかないように伝えてあります。猛毒の蛇が出たので、捕獲するまで用心しろと言って」

毒蛇、という言葉に霾雨が「なるほど」と笑った。それから夜古に向き直る。

「夜古、俺に力をくれ」

「力？」

首を傾げると、霙雨は何も言わずに身を屈《かが》め、夜古の唇を軽く吸った。

「な……！」

いきなり何をするのだ。真っ赤になって口を押さえると、霙雨は「呪《まじな》いだ」といたずらっぽく言う。

「ではな」

そうして瞬《まばた》きをする間に消えていった。

「夜古様。うちは古い日本家屋なので、念のため、外に出ましょう。また地震が来るかもしれません」

徳一に促されて仏間を出る。だがなぜか、霙雨が姿を消した途端、胸騒ぎがした。

去り際、消えるほんの一瞬の間に、何かを言った気がする。夜古に語りかけるのではない、自分だけのつぶやき。

――息災で。

そう、聞こえた気がした。

（どういうことだ、霙雨）

決然とした彼の態度、そしてようやく互角だと言っていた霎雨の言葉を思い出す。

「徳一、すまない。家族で安全なところにいてくれ。俺は神社に戻る」

いてもたってもいられなかった。

「夜古様、しかし」

「大丈夫だ。様子を見にいくだけで近づかないから」

言い置いて、階段を駆け下りた。一階の豆腐屋には、ちょうど長男と嫁が、店の入り口から犬用のハーネスとスカーフのようなものを持って入ってくるところだった。これで、もしもの時に狐の夜古を連れて逃げようというのだろう。わざわざ探してきてくれたのだ。

「世話になったな。ありがとう」

すれ違い様、彼らに声をかけると、「誰だ?」と怪訝《けげん》な顔をしていた。

外に出た夜古は、商店街から神社に向かって走り出す。人間の身体ではやはり遅い。狐になり、四本足で駆けた。今はもう、そう願うだけですぐに変化することができた。

通りを疾走する一匹の狐を、行きかう人々が驚いて振り返るのが見えたけれど、それどころではなかった。

(霎雨は女神と刺し違えるつもりなのか)

力は互角、だが霎雨の持つ宝玉は完全ではない。欠片は夜古の中にあるからだ。もしも女神が長い時間をかけて、元の宝玉と同等の力を蓄えていたら？　逆に霆雨の身が危険ではないのか。

それでも彼は、守るつもりなのだろう。夜古を、この土地で生きる者を。

「夜古様、なんでこんなところにいるんですか」

神社の近くまで来ると、空を旋回していた烏が降りてきて、人形を取った。いつも気軽な口調の翠だが、今はさすがに真剣な顔をして、叱《しか》るように言った。

「霆雨は、女神と力は互角だと言った。だが本当は、危ういのではないか」

詰問したが、翠はそれに答えなかった。図星なのだ。

「止めたところで聞く人ではないですからね。それに霆雨様が倒せないのなら、誰も女神に抗えない」

夜古はたまらず、神社に向かって駆け出した。

「夜古様、やめてください。あなたでは足手まといだ」

翠の叫ぶ声が聞こえたけれど、夜古は止まらなかった。

(霆雨がいなくなったら嫌だ。俺を好きだと言ってくれたではないか)

愛しいと、その言葉を聞けたばかりなのに。万が一にも彼がいなくなったらと思うと、自分の身の危うさなど頭の外へ抜けていた。

地鳴りが大きくなり、大地が揺れた。それに呼応するように、にわかに天がかき曇る。雷が遠くで鳴って、空のどこかが稲光で明るくなったけれど、夜古は怖いとは思わなかった。これは夜古たちを守ろうとする、霆雨の力だ。

神社の前に着くと、人形を取った。鳥居をくぐり、階段を駆け上がる。

夏の盛りだというのに、周囲には鳥も虫も見当たらない。みんな逃げたのだ。それには少しほっとした。

階段を上りきる少し手前で、境内に一人立つ霆雨の姿を見つけた。

一人、なのだろう。その少し離れた場所で蠢《うごめ》く土の塊は、もはや神とも言えない、おぞましいものだった。夜古のいる辺りは風下なのか、凄《すさ》まじい腐臭がする。

(祟り神――)

覚えず、夜古は思い出していた。昔、土地神から教わった言葉だ。

生けるものに災いをもたらす穢《けが》れた神。人はそれを祀れば、荒ぶる魂が鎮まると思っているが、一度穢れた魂に人の願いなど通じない。それは神であって神でなく、怨讐《おんしゅう》と災厄を撒《ま》き散らすだけのただのモノだ。

(勝てるのか、霆雨)

情などない、瘴気《しょうき》を放つ禍々《まがまが》しいものを、滅することができるのだろうか。

地鳴りは止まず、辺り一帯から咆哮が聞こえるようで気味が悪い。と、階段の陰で固唾《かたず》をのむ夜古の頬《ほお》に、ぽつりと冷たい雨が落ちた。雷鳴が近づいている。咆哮を掻き消すように、雨脚は強まっていった。

「ようやくあの時の決着をつけることができるな、豊亮。お前も俺も、己の力に慢心し、身勝手に振る舞いすぎた。災いをもたらす神は、いつか滅ばねばならん」

霪雨の声は静かだったが、雨の中、どうしてかよく響いた。腐臭が濃くなり、夜古は思わず顔をそむける。ガサガサと耳障りな音がして、女神は笑ったようだった。

「慢心が我らの咎《とが》か。寺の坊主のごとく、罪だ因業だと申すのか。竜神殿はいささか、人の知恵に染まりすぎたようだのう」

女神の笑いとともに、霪雨の足元が揺れた、ように見えた。

汚泥を纏《まと》った女神から、いつの間にか黒いものがぞろぞろと蠢き、蟻《あり》のように霪雨の身体にたかっていた。風に乗って、埃《ほこり》と土の混じった、黴臭《かびくさ》い匂いが漂ってくる。

意識を持たない生き物が、じりじりと霪雨の身体を這い上ってきているのだった。

目の前を閃光が走り、女神の周囲を駆け巡ったが、わずかに土くれを飛ばしただけだった。耳障りな哄笑《こうしょう》が響く。その間も黒い黴は霪雨の身体を侵食しつつあった。

（このままでは、霪雨が取り込まれてしまう）

霾雨が滅びるのは嫌だ。霾雨が夜古たちを守りたいと言ったように、夜古だってできるなら、霾雨を守りたい。

守田家の人々も、徳一たちも、杜の雀も、翠だって死なせたくはなかった。

(俺ができること……)

考えて、答えはすぐに見つかった。そっと腹を押さえると感じる、温かい宝玉。霾雨の欠片だ。

一度決めたら、迷いはなかった。きっと霾雨もこんな気持ちだったのかもしれない。

身を起こし、残りの階段を駆け上がる。

「霾雨」

声を上げると、霾雨はこちらを振り向き目を瞠った。

「夜古、どうしてここに」

咎める口調だったが、夜古は構わなかった。早くしなければ、間に合わない。

霾雨に向かってまっすぐ走る夜古に、女神も気づく。黒いものがぞろりとこちらにも向かってきた。

「霾雨。これを」

自らの手を腹に差し込む。中にある、温かな欠片を取り出し、霾雨に差し出した。

「夜、古……」

信じがたいものを見るように、霾雨の目が大きく開かれる。それでも夜古が差し出したそれに、手を伸ばした。いや、夜古の身体を受け止めようとしたのだろうか。

「夜古！」

温かい手に手首を摑まれる。引き上げられ、ふわりと身体が浮いた気がした。

「夜古、やめろ。お前が尽きてしまう」

顔を歪めて、霾雨が叫んでいる。

「霾雨……宝玉を」

欠片はまだ、夜古の手の中にあった。

「よせ、やめろ」

差し出しても、霾雨は首を振って受け取らない。夜古は最後の力を振り絞って手を伸ばすと、その身体の中に宝玉の欠片を埋め込んだ。

「やめてくれ、夜古」

欠片は引き合うように宝玉へ吸い寄せられ、ぴたりと合わさり融合した。これで宝玉は、完全な形になる。

ほっと安堵すると、力が抜けた。霾雨が何か叫んでいる。すでに、その首筋にまで黒くおぞましい蠢きが這い上がってきていたが、必死で夜古に呼びかけているようだった。

（すまない、霾雨）

霾雨を悲しませるのはわかっていた。夜古が彼を愛しく思うように、霾雨も愛してくれているから。

きっと、清太郎たちも悲しませるだろう。でも、こうするより他、なかったのだ。

（俺はとても幸せだった）

そう思うと、我知らず笑みが浮かんだ。

「夜古」

周りの音が次第に小さくなっていく中で、強い慟哭《どうこく》を聞いた。

空が光り、巨大な雷の柱が目の前に現れる。青い炎が地面を炙《あぶ》り、腐った土塊も黒い蠢きも、瞬く間に焼き尽くしていく。

雨はいっそう、強くなった。おぞましいものたちを焼いて滅した炎は、杜の木々に移る前に消されるだろう。

（よかった）

またみんな、元通りになる。夜古は目をつぶった。

ぽたぽたと頬に降りかかる雨は、夜古の身体を抱く腕と同じくらい、温かかった。

六

遠くに光が見えた。昔、一度見たことのある、温かい光だ。入り口に、枯れ木のような老人が立っている。

『土地神様、杵築様』

懐かしくて、夜古は土地神に駆け寄った。

『杵築様、ごめんなさい』

せっかく命を助けてもらったのに、またここに来てしまった。

ぺこりと頭を下げると、老いた神はくしゃくしゃと皺を寄せて笑った。

『あちらへ行くのは儂《わし》だけだ。そなたは見送りにきたのだろう』

『え？　でも』

宝玉の欠片は璽雨に渡してしまった。だから夜古は消えるのだ。

『ずっと腐った土塊の中におったのだが、ようやく抜け出すことができた。ありがとうな。竜神殿にも、よく礼を言っておいておくれ』

　ぽんぽん、と夜古の頭を撫でる。昔、眷属だった頃に、頑張るとこうして土地神が頭を撫でてくれた。あの頃は狐の姿だったけれど。

　宝玉を失ったのに、今は不思議と人形を保っている。

『俺も行かねばなりません』

　土地神についていこうとすると、またぽんぽんと頭を撫でられた。

『お前はまだほれ、身の内に宝玉があるぞ』

　枯れ木のような手で、夜古の腹を示す。

『え、あれっ？』

　そう言われると確かに、腹の中に温かな力を感じた。豆粒よりも小さいけれど、確かに宝玉だ。

　どうしたことだろう。宝玉は全部甕雨に返したはずなのに。

　土地神はにっこり笑った。

『竜神殿のものでも、儂のでもない。儂の宝玉は、女神のそれと一緒に砕け、焼かれてしまったのでな。だからそれは正真正銘、お前のものだ』

『俺の宝玉』

『昔を忘れて、「稲荷神」となっていた間も、お前が懸命に働いていたのは知っている。

尊いことをたくさんしただろう。だからきっと、お前の中に宝玉が生まれたのだ』

そんなことがあるのだろうか。でも確かに、腹にあるのは璽雨の澄んだ水の色のそれではない、秋に輝く稲穂のような、黄金色をしていた。

『野狐や、いや夜古よ。達者で暮らせよ』

土地神の声とともに、辺りが眩《まばゆ》くなった。目を開けていられなくて、思わず閉じる。

そのまま身体がふわりと浮いて、水にたゆたうような心地よさを感じた。

次に聞こえたのは、穏やかな土地神の声とは打って変わった、悲痛な声だ。

「夜古、夜古……俺を置いていかないでくれ」

あまりに悲しげな声で、夜古も泣き出しそうになった。この声を知っている。大好きな男神の声だ。

泣かないでほしい。そう言いたくて声を上げようとしたら、口より先に目が開いた。

最初に見えたのは、自分に覆いかぶさる銀の髪だった。夜古を抱きしめ、首筋に顔を埋めるようにして、嗚咽《おえつ》を嚙み殺す声が聞こえた。

「璽、雨?」

絞り出した声は、少ししゃがれていた。だが、相手には聞こえたようだ。

はっと顔が上がり、金色の美しい目が瞬く。

「夜古……」

目を開いた夜古を、幻を見るようにじっと見下ろす。瞬きして微笑むと、相手は息を呑《の》んだ。

「い……生きているのか」

問いかける声が震えていた。これが幻なら、耐えられないというように。

「死にそこなった。俺の中にまだ、宝玉があるらしい」

璽雨の手が上がり、恐る恐る夜古の腹を撫でる。やがて宝玉のぬくもりを探り当て、本当だとつぶやいた。

「宝玉が。本当に、生きているのだな」

「光の淵《ふち》で土地神様にお会いした。俺の宝玉だ。身の内に、新たに宝玉が生まれたと」

妖がやがて宝玉を得て神になることは、稀《まれ》にある。だがもっと、長い時間がかかると聞いていた。

「ああ。他の誰のものでもない。確かにお前の気配を感じる。お前の宝玉だ」

極まったように、璽雨が肩に顔を埋めた。夜古もその背に腕を伸ばした。

「女神は滅んだのか」

璽雨の背中越しに見えるのは、黒い煤《すす》ばかりだった。それも雨に流されたのか、消えかかっている。

そういえば、いつの間にか雨が止み、雲の隙間《すきま》から陽の光が差し込んでいた。

「ああ。全部終わった」

不気味な地鳴りも聞こえない。霙雨の声に応えるように、ファン、と一匹のハエが飛んでいった。遠くから鳥のさえずりが聞こえる。杜の生き物たちも、戻ってきたようだ。

「それなら徳一たちに知らせなければ。……霙雨、ちょっと苦しい」

みんな待っているだろうから、早く知らせようと思うのに、霙雨は離してくれない。それればかりか、抱く腕にいっそう力がこもった。

「霙雨、あの」

腕を解いてくれないか。そう言おうとして、「ひゃっ」と悲鳴を上げていた。首筋にぬるりと温かいものが這ったからだ。

続いてちゅっと音を立てて首を吸われる。こそばゆさとともに、妙な感覚にぞくんと肌が粟立った。気づけば、いつの間にか霙雨の手が、さわさわと夜古の尻を撫でている。

「おい、霙雨！」

「まだ駄目だ。まだこうしていろ」

耳元で偉そうに言うが、声が怒っている。いや、拗《す》ねていると言うべきだろうか。

「無茶をしおって。俺がどんな思いをしたと思ってる」

そっちこそ、俺を置いていこうとしたくせに。反射的にそう言いたくなったが、霆雨の声がわずかに震えていて、強気がしゅんと萎んだ。代わりに口をついて出たのは、不貞腐れたような口調だ。

「俺だって、お前やみんなを助けたかったのだ。お前だって、俺を置いていく気だっただろう」

考えたら悲しくなって、すん、と鼻を鳴らした。

「ああ。悪かった。お前も……俺も、生きていてよかった」

「うん」

見つめ合い、どちらからともなく唇を合わせていた。舌が絡まり、陶然とする。

だが、霆雨の手が着物の裾を割って太ももを撫でてきたので、慌てた。

「だからって、おい。こんなところで」

もうすぐ鳥たちも戻ってくる。清太郎たちも、様子を見にくるかもしれない。境内のど真ん中でこれ以上、破廉恥な行為をするわけにはいかなかった。

「なら、本殿に行こう」

性急に言って、霆雨は夜古の身体を抱き上げた。

「何……おい！」

叫ぶ間に、二人はもう本殿の中にいた。久しぶりに帰る我が家に、夜古は一瞬、感慨を味わったが、感じ入っている場合ではなかった。

引き戸が開いてするすると夜具が現れたかと思うと、ちんと本殿の床に敷かれている。

竜神のくせに、無駄なことに力を使わないでほしい。

「夜古」

それでも悲愴《ひそう》な声で呼ばれ、まるで溺《おぼ》れる者が助けを求めるように掻き抱かれると、もう強くは言えなかった。

「生きているのだな」

ぽつりと言う。夜古も切なくなって、霊雨を抱きしめた。

「お前を愛しているのだ。どうか、もう置いていかないでくれ」

「うん。すまなかった。でも霊雨も約束してくれ。勝手にいなくならないでほしい」

霊雨もまた、身を賭《と》して夜古たちを守るつもりだった。どちらかが欠けても悲しい。もう離れたくない。切に頼むと、男神は泣くように笑った。

「ああ。約束する。これからも、お前と共にいる」

深く深く抱き合い、唇を重ねた。着物を剝《は》いで互いに裸になると、少しの隙間もないほどぴったりと寄り添う。

合わさった場所から、霻雨の宝玉のぬくもりを感じた。霻雨も同じように感じているはずだ。

霻雨の唇がやがて離れ、首筋や鎖骨へと移っていく。なだらかな胸に下りると、薄桃色の胸の突起をちろちろと舐《な》められた。

「ひゃ、あっ」

「初心《うぶ》な色だな。……こっちも」

するりと股間《こかん》に手が伸びて、勃《た》ち上がりかけていた夜古の雄をきゅっと握った。

それは、ちゃんと大人の形をしているけれど、やや小ぶりで色も淡い。下生えはなく、子供のように滑らかだった。そういうところを初心だと言われているようで、無性に恥ずかしい。

「ば、馬鹿にして」

「馬鹿になどしていない。愛らしい、美味そうな色だと言っているんだ」

いくらか慌てた口調で言った霻雨の陽根は、美しいその容貌《ようぼう》とは裏腹に長く太く、黒々として、夜古のそれとは比べものにならない雄々しさだった。

鎌首《かまくび》をもたげ、怪しく猛《たけ》るそれを見ていると、ぽっと腹の中が熱くなった。

を向いたまま、じくじくと下腹部が疼《うず》く。うわごとのようにつぶやくと、男神は苦しげに呻《うめ》いた。

「不用意なことを言うな。優しくできなくなる」

言って夜古を褥《しとね》に横たえると、白い身体にゆっくりと顔を埋めた。

「何、あ、あっ」

長い指が胸の尖《とが》りを弄《いじ》り、滑らかな肢体に舌を這わせる。肌がそそけ立ち、夜古は思わず嬌声《きょうせい》を上げて身体をのけぞらせた。

「初めて抱いた時も思ったが。お前は感じやすいな」

意地悪く言われて、羞恥《しゅうち》に瞳が潤んだ。

「……酔ってたくせに」

酒に呑まれて夜古に手を出したのに、覚えているのか。つい、と顔をそむけると、璽雨は悔いるような声を上げた。

「悪かった。俺も、あの時の自分が憎い。愛しいお前の初めてを、あんなふうに奪ってしまった。お前の身体に溺れたあげくに逃げるなど、本当に意気地がなかった」

すまない、と本気で頭を下げられて、夜古は首を振った。

「いいんだ。お前に抱かれて、俺は嬉しかったから」

どんな形でも幸せだったと言うと、霾雨はそっと顔を伏せた。

「霾雨？」

「俺はこの先もずっと、お前と共にいる。この土地の者とお前がいつまでも笑っていられるように、神としての力を全うしよう」

夜古の手を取ると、唇を寄せる。

「ずっと？」

「ああ。お前と一緒だ。だから、悲しい時は言ってくれ。我慢しなくていい。俺がお前を傷つけたら、怒ってくれ」

訴えかける言葉に、胸がきゅっと切なくなった。冷たくされて悲しかった。でも、霾雨だって葛藤していたのだ。

夜古は微笑んで、霾雨の頬を撫でた。

「それなら、憐れまずに俺を見てほしい。同情ではなく抱いてほしい」

「今は憐れみも苛立ちもない。愛しいから、抱きたくなるのだ。もう、お前以外は抱きたくない」

お前が愛しいと、霾雨は言う。溢れこぼれるその愛情が、夜古の中に流れ込んだ。

「う、浮気したら絶交だからな」

嬉しくて幸せで、照れくさくなって、ついそんな憎まれ口を叩《たた》いてしまった。顔を赤くしてボソボソ言うと、照れ隠しだとわかったのだろう。霆雨も笑った。

「お前に出会って百年も禁欲していたんだ。その間も誘惑はあったが、別に抱きたいとは思わなかった。お前だけだ。百年守った箍を外してまで抱きたいと思ったのは」

信じてくれと、真摯《しんし》な声で囁かれたが、夜古はもう、熱で頭がとろけそうだった。

「わ、わかった。信じるから」

これ以上、のぼせるようなことを言わないでほしい。

「夜古」

身を起こした霆雨が、甘く唇を吸う。かと思うと、長い舌が再び身体の線をなぞり、夜古の性をきゅっと吸い上げた。

「霆……雨、だめ、あ、んっ」

強い刺激に、びくびくと身体が震える。ちゅくちゅくと雄芯を吸われ、乳首をあやすようにこねられると、堪《こら》えることができなかった。

「——あ、あっ、いっ……」

霆雨の口の中で精が弾《はじ》ける。霆雨は一滴も余さず精を飲み、さらに快感の余韻を残す夜古の雄を、じゅっと強く吸い上げた。

「ゃ、あんっ」

気持ちよくてたまらない。悶《もだ》え、耳がぴくぴくと揺れた。目の白むような絶頂に陶然としていると、霻雨はくすっと楽しげな笑いを漏らす。

「感じている姿も愛らしいな」

こちらはもう、相手のなすがままだというのに、霻雨には余裕があるのが恨めしい。それでも相手を睨む気力は夜古には残っていなかった。

霻雨が夜古の身体をころりと転がしてうつ伏せにするのも、尻を上げさせて恥ずかしい格好をさせる間も、ぼうっとして何も考えられなかった。

だが、ふかふかの尻尾をぺろんとめくられると、はっと我に返った。

「え、えっち。そんなとこめくるな」

慌てて尻尾を戻そうとするが、根元をやわやわとくすぐられて力が抜けた。すっかり露《あら》わになった後ろの窄《すぼ》まりに、霻雨の指がゆっくり潜り込んでくる。

「だ、だめ。そこ……」

まだ入り口を軽く擦られただけなのに、達したばかりの雄芯がふるりと揺れた。

「夜古は後ろを弄られるのが好きなんだな。もっと奥の方がいいか？」

くちゅくちゅと、戯れるように霻雨の指が深いところまで出入りする。気持ちがよくて、意識せず腰が揺れた。

尻尾が喜びに震えたが、霪雨の腕にかかり、くすぐったかったらしい。堪えるような笑い声がした。

「くすぐったくてかなわん。自分で持っていろ」

縋るものが欲しかった夜古は、ぎゅっと自分の尻尾を抱え込んだ。恥ずかしいけれど、もっとしてほしいなどと思っている。

「は……ぅん、霪雨、前も……」

つんと立ち上がった雄にも刺激が欲しくて、ゆらゆらと腰を揺らした。耳元で熱いため息が聞こえる。

「俺もたまらなくなった。前もたっぷり弄ってやるから、俺を入れてくれ」

言うなり夜古を横抱きにして、ほっそりとした片足を持ち上げた。背中に霪雨の身体がぴたりと合わさって、固く昂《たか》ぶったものを押しつけられた。

「霪雨……」

その熱さにぞくりと背筋を震わせると、甘く耳を食《は》まれた。指が胸元に滑り込んできて、こりこりと弄られる。

夜古のほっそりとした足の間に、赤黒くぬめった男根が差し込まれ、我慢ができないというように何度も腰を打ちつけられた。

陰嚢《いんのう》が擦られ、熱いものが行き来する感覚にたまらなくなった。さっき達したばかりだというのに、すでに陰嚢はたっぷりと官能の蜜《みつ》を湛えて膨らんでいる。

「や、あ、あっ」

「夜古。入るぞ」

耳元で囁かれ、たった今、陰嚢を擦っていた熱いものが、後ろの窄まりに押し当てられる。柔らかな襞《ひだ》を押し広げながら、霆雨が奥へと入ってきた。

「ああっ」

カリ首が敏感な内壁を擦り上げ、最奥を突き上げる。それだけで夜古は、精を吹き上げてしまった。

「一突きで達したのか。可愛いな」

甘く詰《なじ》る霆雨の声も心なしか上ずっている。達したばかりの雄を弄られて、夜古は男を咥《くわ》えたまま快感に悶えた。

「や、それ、やっ」

あまりの心地よさに、涙がこぼれた。竜神は喉《のど》の奥で笑うと、愛しそうに頬を流れる涙を舐めとる。

「達したばかりで弄られると、たまらないだろう。後ろがうねって食い締めてくるぞ」

璽雨もまた、きつく絡む肉襞に相当な快感を得ているようだった。男根は夜古の中でどくどくと脈打ち、今にも吐精しそうだ。

「お前の身体は恐ろしく美味い。ずっと味わっていたくなるな」

璽雨は囁き、横抱きのまま夜古の顎を取ると、覗きこむようにして口づけた。

「あぁ、璽雨ぅ……」

相手の顔を見ると、気持ちがよいだけでなく胸がきゅっと切なくなる。甘えるように頬をすり寄せると、璽雨は金の双眸《そうぼう》を眩しそうにすがめた。

「夜古」

吐息とともに名前を呼ぶと、璽雨は夜古の身体を抱え込み、激しく腰を打ちつけた。乳首と陰茎を同時に捏《こ》ねられ、そのたびにきゅんきゅんと後ろが璽雨を食い締めるのがわかる。

「あ、あ、だめ……っ」

びくびくと身を震わせると、璽雨が低く呻いた。温かな男神の精が、夜古の中にどっと流れ込んでくる。

溢れるほどの精を中に感じながら、夜古もまた、彼の腕の中で達した。

どちらからともなく、引き合うように唇を重ね合う。互いのぬくもりを味わいながら、二人は生の喜びを感じ合っていた。


その日、大きな地震と強い雷雨に見舞われたのは、最不ノ杜の周辺だけだった。

ごくごく狭い範囲で起こった出来事に、町内の人々は不思議がったけれど、幸いにして怪我《けが》人もなく、各家でも茶碗が割れるとか、本棚が崩れる程度で終わった。

最も激しい落雷のあった最不ノ杜神社でさえ、境内の中央に落ちたお蔭でなんら被害はなかった。

毒蛇が出たと人の出入りが止められていた神社は、地震のすぐ翌日に蛇が捕獲されたといって、封鎖が解かれている。

本当は何があったのか、知っている人間は、神社の宮司一家と徳一だけだ。

けれどしばらくして、あの地震の日に商店街を駆け抜ける狐の目撃談が噂に上るようになった。

最不ノ杜神社の方角に向かっていったと語られ、神社のお稲荷さんだろうと、冗談半分、本気半分に囁かれた。それよりも商店街では、笹川豆腐店の店主の長男が、ペットがいなくなったことでひどく気を落としており、そのことの方が深刻らしい。

隣町の祝山は開発が頓挫《とんざ》したまま、半年ほど経って正式に中止となった。

大学の地質学研究チームが調査に入り、土壌が崩れやすく宅地に向かないと調査結果を出したという。

テレビのワイドショーで取り上げられ、実際に開発を行っていた大手デベロッパー会社と、会社の提出した調査結果を鵜呑《うの》みにして開発を推進したとする県が、しばらく批判の的となっていた。

そんな祝山ではこの頃、土ばかりだった山肌にぽつぽつと緑が増えている。とはいえ、一面が大きな木々に覆われるのは、もっとずっと先のことだろう。

今はまだ、背の低い草花が、みずみずしく山を彩るばかりだ。

余

「解せぬ」

本殿の隅で、霆雨が唸《うな》るようにつぶやいた。夜古は、紐《ひも》を繰る手を止めて顔を上げる。

「なんだ、手伝いにきてくれたのか」

夜古の脇には、いくつもの段ボール箱が置かれていた。一つの箱にはハート形の木の札、もう一つは細かい刺繍をあしらった可愛いピンクの布袋で、もう一つは白い組紐が入っている。

布袋は『恋愛成就』と書かれてあった。ハート形の木にも焼き鏝《ごて》で同じ字が印字されている。

袋の上からでも、ハート形の木が入っているのが触ってわかる。『最不ノ杜神社』でしか売っていない、特注デザインだった。

「手伝ってくれるなら、やり方を教えてもいいが。素人さんにはなかなか難しいぞ」

そう言う夜古の手はすでに、熟練を帯びている。

ここのところずっと、『恋愛成就』のお守りだけを作り続けてきたのだ。もう目で見なくても、指先が布の厚さや組紐の長さを覚えている。

最初、夜古が頼んで仕入れてもらった『恋愛成就』のお守りは、大変なご利益があると評判が広まった。

「やっぱり神様がラブラブだと、ご利益が強まるんですかね。よし、今度からうちは、縁結びと恋愛祈願を前面に押し出しましょう。女性客がたくさん来ますよ」

などと、清太郎も大喜びだ。夜古と璽雨が恋仲になったことは、清太郎にすぐに知れた。それどころか、紀一郎や徳一にも知られているような気がするが、温かい目で見られても恥ずかしいばかりなので、改めて聞いたことはない。

夜古と璽雨の仲に関係があるのかどうかわからないが、恋愛関係のお願いごとは近頃特に、ご利益があるようだ。

それで、清太郎が新たな形を考案すると、さらに売れ行きが良くなった。今度、『ねっとつうはん』とかいう店でも取り扱いを始めるというので、夜古は増産に励んでいるのだった。

「じゃあそこに座って。まずは、これを買ってくれた人の恋が成就しますようにと、心を込めるところから」

「違う。内職を手伝いにきたんじゃない」

憮然《ぶぜん》とした口調で、霎雨が言った。

「お前、俺の誘いを断っただろう」

「あ、うん」

思い出して、夜古はちょっと顔を赤らめた。

さっき境内の掃除をしていたら、不意に現れた霎雨に誘われた。眷属から珍しい菓子をもらったので、祠に遊びにこないかと言うのだ。

今も、夜古は本殿に、霎雨は末社の祠に住んでいる。

夜古は本当はただの妖で、奇跡的に宝玉を得たけれど、神というにはまだ、あまりにも未熟な存在だった。

そんな自分がこんな立派な社に祀られるのは分不相応だし、霎雨を粗末な祠に留めておくのも申し訳ない。

交代しようと言ったら、霎雨にも紀一郎たちにも反対された。

「本殿は、お前のために村人が建立したものだ。格の問題ではない。おいそれと神が家移りしていいものではない。お前もせっかく建ててもらった社なのだから、大切にしなくては」

「そもそも、うちの神社はもう親父《おやじ》の代から『お稲荷さん』で通ってますからねえ」

霊雨と紀一郎、揃って言う。

最近になって霊雨は、守田家や徳一とも交流するようになった。境内にもたまに姿を現すので、神社に美男子が住み始めたらしいと、ご近所で評判だ。夜古にはそんな噂がついたことがないから、ちょっと悔しい。

ともかく、周囲に反対されて夜古は引き続き、本殿の稲荷神として祀られることになった。霊雨も以前のままだ。水神の祠については紀一郎が、神格に見合った立派なものにしようと言ったのだが、霊雨は固辞している。

「社の大きさと信仰の厚さは、必ずしも同じではないのだろう。高位の神が必ずしも敬われる存在とは限らない。俺や祝山の女神がいい例だ。夜古に出会って、俺はようやくそれを学んだ気がする」

言われて、夜古はくすぐったい気持ちだった。

ならばもう少し、人が親しみやすい場所にしましょうと、通いの職人たちの手で祠に続く道が年寄でも歩きやすいように広げられ、案内板も新しくなった。以前よりも、祠に向かう参拝客は増えている。

池の水は以前よりもさらに美しく澄み、湧き出る水の量が増えた。鳥や動物たちは、よくここへ喉を潤しにやってくる。

夜古と壟雨も、お互いの社を行き来することが増えた。もう、参拝客がいる壟雨にお供えのお裾分けはいらないけれど、どちらも以前より気安く、互いの社を訪れた。

夜古が未熟な神様だということもあって、壟雨にいろいろと教えを乞《こ》いにいくことがある。壟雨が、眷属や参拝客からもらったお供えを持って、一緒に食べようと本殿を訪れることもあった。

理由はなんでも構わない。頻繁に会いたいのだ。何しろ、二人は恋仲なのだから。

清太郎の言う通り、『らぶらぶ』なのだと思う。壟雨は優しいし、夜古にとても甘い。

ただ、問題もなくはなかった。

「予定があるなら、誘いを断られるのも仕方がない。だが、本殿で内職をしているというのはどういうことだ」

改めて答えを聞かれると、言葉が出ない。確かに、この内職はそれほど急ぎの用事でもない。空いた時間にやればよいことだ。

「それとも、俺といるのに飽きたのか」

不意に心配そうな顔になるから、夜古も慌てた。

「俺が飽きるわけないだろ。誘われるのもすごく嬉しいが」

「なら、どうしてだ」

詰め寄られ、夜古は赤い顔をうつむけた。言わないで済むなら言いたくないのだが、どうやら言わなければならない状況らしい。

「だって、お前。一緒にいるとすぐ、やらしいことするじゃないか」

美味い菓子が入ったとか、祠の中の模様替えをしたから見にこいとか、いろいろと口実をつけて誘ってくれるのは嬉しい。

今まで入れてもらえなかった祠の中に、今はいつでも入れてもらえる。中は思ったより広くて、調度も立派だった。

霙雨はそこで手ずから水菓子を食べさせてくれたり、髪や尻尾を櫛《くし》で丁寧に梳《す》いてくれたりする。まるで今まで冷たく傷つけていた分を取り戻すように、霙雨は夜古を目いっぱい甘やかした。

ちょっと照れくさいけれど、嬉しい。夜古もされるがまま、『らぶらぶ』を満喫していた。

しかし、ただ甘やかされるだけでは済まないのだ。

霙雨の手つきが次第に妖《あや》しくなっていき、しまいにはトロトロに溶かされていかがわしいことをされる。気持ちよくてわけがわからなくて、霙雨に命じられるまま、破廉恥なことをいっぱい言わされるのが恥ずかしかった。

夜古が真っ赤になって言い募ると、霎雨も照れたようにぷいっとそっぽを向いた。

「それはお前が悪い」

「なんだと」

偉そうに断言されて、夜古はキッと相手を睨んだ。だが霎雨が相変わらず目を逸《そ》らしているので、あまり意味はない。

「お前が悪い。俺はこれでも、我慢しているんだ。お前も仕事を頑張っているし、俺も神として務めを果たすべく行動しなければならないしな」

それは知っている。霎雨は翠たち眷属を使って、変わったことはないか、土地の者が平穏に暮らしているか気を配っていた。

「初心なお前にあまり無理を強いてはいけないと、欲を抑えているのに」

「あれで」

思わず言ってしまった。抑えていてあれなのか。

「だからその箍を、お前がいちいち外すんだろうが。今だって誘われているのかと思ったぞ」

「どこが！」

「そういうところがだ。そんな可愛い顔でプリプリ怒るな。ああ、いかん。もう駄目だ」

霎雨が大げさにため息をつくと、お守りを作っていた作業台がいつの間にか部屋の隅に寄っていた。だから、そういうことに力を使わないでほしい。

「夜古。お前は本当に可愛いな。できるなら祠に閉じ込めて、ずっとまぐわい続けていたいくらいだ」

「ば、馬鹿。エロ蛇」

悪態をつくが、身体はすでにすっぽりと霎雨の腕の中に収まっている。

「だからお前のせいだと言っただろう」

じっと艶のある金の目で見つめられると、身体の力が抜けてしまう。たらしの本領を発揮されては、初心な夜古はとてもかなわない。

「あとで、内職を手伝ってくれるか？」

どうにも抗いきれなくなって、上目遣いに相手を見ると、霎雨は一瞬固まって、それから荒々しく覆いかぶさってきた。

「霎雨！」

「わかった、わかった。手伝ってやろう。いくらでも手伝ってやる」

おざなりな声で言うから、後で絶対に手伝わせてやると心に決めた。慣れないと、内職は手がガクガクになるのだ。

「泣いても知らんからな」

腕の中で不敵な笑みを浮かべる夜古に、霪雨は「その前に泣くのはお前なんだが」とつぶやく。言い返そうとしたが、その前に唇を吸われて言葉にならなかった。何度も口づけされ、理性は次第に甘く優しい快楽に溶かされていく。

こうして最不ノ杜神社は、今日も平穏に過ぎていくのだった。

最不和町の秋祭り

子供たちの夏休みが終わって一週間もすると、夏の暑さもわずかながら和らいで、朝晩はいくらか過ごしやすくなった。

田んぼが黄金《こがね》色に輝くこの季節、『最不和町《もふわちょう》』の町内はにわかに活気づく。

町一番のビッグイベント、秋祭りの季節がやってきたのだ。

祭りは週末の二日間、『最不ノ杜神社《もふのもり》』の前の道から商店街に向かって、ずらりと露店が並ぶ。

商店街の各店もこれに合わせて店頭販売やさまざまなイベントを行うから、とても一日では見きれないほどだ。

この日は地元民ばかりか、観光客もあちこちから大勢やってくる。二日目には神輿《みこし》も出て、『最不ノ杜神社』の周辺を巡った。

神輿というのは、普段は神社にいる神様がこれに乗り、御旅所などを巡幸するものであるらしい。

ただ、『最不ノ杜神社』の本殿に祀《まつ》られる稲荷神、夜古《やこ》は一度も乗ったことがない。

「ま、うちの祭りは神輿も含めて、戦後の地域活性のために始まったものですからね。だから神事はおまけ……いや、簡易的で、縁日を前面に押し出してるんです」

神社の宮司である紀一郎《きいちろう》が、身も蓋《ふた》もない説明をしてくれた。

「乗りたいなら乗っていいですよ。神様なんだし。本物の神様を担げるんだから、担ぎ手は喜びますよ」

と言われたが、丁重にお断りした。あんなグラグラするものに乗ったら酔いそうだし、神輿の天辺で揺られながら町内を巡るなんて、とんだ見世物だ。

ともあれ、そんな祭りの準備のために、町内の人々は大忙しだった。祭りの前日の今日は、町全体がバタバタしていて落ち着かない。宮司の一家も職員も、朝からあちこちに出回っている。

祀られる側である神様の夜古はといえば、特にすることもないので、邪魔にならないように境内の端っこでひっそり草をむしっていた。

「みんな、忙しそうだな」

別に、毎年のことだ。いつもこの時期は、所在なくブラブラしている。神でありながら人に交じって働く夜古ではあるが、この時ばかりは誰《だれ》も仕事を振ってくれない。

やはり、祀られる当の神様にその準備をさせるのは、人としては気が引けるらしい。神事の手伝いをしようとすると、「神様は休んでてください」と追い払われる。

　それでも祭りの当日になれば、氏子のみんなとご馳走《ちそう》を食べたり、にぎにぎしい縁日や煌《きら》びやかな神輿を見ることができて楽しかった。お供えだって、普段の数倍はもらえる。なんだかんだで、夜古も祭りを楽しみにしていたのだけれど、今はやさぐれた気持ちでひたすら草を抜いていた。

「霆雨《じう》のやつ」

　そう、こんなに気が沈むのは霆雨のせいだ。

　霆雨はこの神社の末社に祀られる水神である。ただし、神様としての格は霆雨の方がずっと高い。以前は己の宝玉を夜古に与えていたので、力も弱く末社の蛇神に身をやつしていた。今は宝玉を取り戻し、天駆ける竜の姿に戻ったのだが、今も本殿には夜古を住まわせ、自分は杜の祠《ほこら》に住んでいた。

「あいつはたらしのくせに、とんだ鈍ちんだな」

　境内の端にしゃがみ込んで、そんな格上の竜神の悪口をブツブツと口にする。言ったところで、どうせ霆雨には聞こえない。

　霆雨は今日、眷属《けんぞく》の翠《みどり》とともに、隣町の祝山《いわいやま》へ様子を見にいって留守にしていた。女神がいなくなった山で、生き物たちが健やかに息づいているか、確認しにいったのだ。

　かつて、近隣の神や妖《あやかし》をたらしこみ、無節操な神と評判だった霆雨は、引きこもりのニート時代を経て、今は一帯の土地のために精力的に活動している。

そのことは喜ばしい。彼と恋仲の身として誇らしくもあるのだが。

「霆雨め、やらしいことはいっぱい知ってるくせに。どうしてもっとこう、情緒とかデリカシーというものがないのか」

なおも愚痴っていると、神社の石段を上る足音とともに、若い娘たちの声が聞こえてきた。

「えーっ。中島《なかじま》君をお祭りに誘ったの」

「そうだよ。明日、一緒に行くんだよ」

学校帰りの女子高生だ。ここらでよく見る制服を着ている。一人は近所の子だった。もう一人は見覚えがなかったので、夜古は狐《きつね》の耳と尻尾《しっぽ》をしまった。

顔見知りの娘が夜古に気づいて、手をひらひらと振る。

「あ、夜古様だ。こんにちはー」

「うむ。お帰り」

夜古が返事をすると、隣の娘がくすっと笑った。

「うむ、だって。トモの知り合い?」

「ここのお稲荷さんだよ」

何それ、とトモの友人は笑っている。箸《はし》が転げてもおかしい年頃だ、仕方あるまい。

「神主の上の人、みたいな？」

「わけわかんない。それよりお祭りのことだよ。なんて言って誘ったの？」

「えー、普通に誘っただけ。今度のお祭りどうするの、って」

娘たちのお喋《しゃべ》りに、狐の耳がにょきっと出そうになって、慌てて頭を押さえた。

「どうしようかなって言うから、一緒に行こうよって」

「勇気あるねー。でも、それで誘いを受けたんだから、絶対脈ありだよ」

二人は喋りながら拝殿の前に立ち、柏手《かしわで》を打って願いごとをしていた。隣の娘も熱心に手を合わせているところを見ると、意中の相手がいるようだ。

「じゃあ夜古様、よろしくね！」

お願いが終わると、トモは夜古に向かって気軽な口調で声をかけた。神様としてはいろいろと突っ込みたいところはあるが、恋に浮かれた娘に説教しても、聞いてもらえないだろう。

「何がよろしくなの？　っていうかなんで『様』づけ？」

「だから、夜古様はお稲荷さんだからさあ」

来た時と同じように短いスカートをひらめかせながら、二人は去っていく。頬《ほお》を染めて恋の話に花を咲かせる娘たちを、夜古はちょっと眩《まぶ》しい気持ちで見送った。

トモなんて、ちょっと前まで鼻水を垂らして境内を駆け回っていたのに、今はすっかり娘らしくなった。時の経つのは早いものだ。

娘たちの声が聞こえなくなると、夜古は草むしりをやめて立ち上がった。

「俺だって、誘ったのだ。トモと同じように言ったのに」

勇気を出して、祭りに行こうと誘った。ちょっと遠回しな言い方だったかもしれないが。

霾雨は、こちらの意図にまったく少しも気づかなかった。あまつさえ、「神が祭りになど行くはずがなかろう」というようなことを言った。

それで夜古はやさぐれて、朝から草をむしっている。

「神だって、デートしたい」

ぽつんとつぶやいた神様の言葉を、聞く者はいない。

話は、一日前に遡《さかのぼ》る。

夜古はいつものように、宮司の守田《もりた》家で晩ごはんを食べていた。

「夜古様は、霾雨様と秋祭りに行かないんですか」

唐突にそんなことを聞いてきたのは、烏《からす》の翠だった。妖で霾雨の眷属でもある彼は、人《ひと》形《がた》を取って夜古の斜め向かいに座っている。

いつも黒のレザースーツを着ているが、今日は黒っぽいTシャツ姿だ。

「なんですか急に。ていうかあなた、なんで当たり前みたいにうちでごはん食べてるんです」

すかさず口を挟んだのは清太郎《せいたろう》だ。彼の言う通り、翠はしれっとした顔でハンバーグを食べている。

夕飯を作った美和子《みわこ》は、ここにはいなかった。婦人会の集まりがあるのだという。紀一郎も祭りの打ち合わせで遅くなるとかで、留守にしていた。

「それで美和子さんが、二人だけの夕食じゃ寂しいだろうからって。たまたま通りかかった俺を誘ってくれたんですよ」

翠の主《あるじ》である霾雨は、人嫌いで長らく人間と交わることをしなかったが、夜古と恋仲になってから、夜古を見習うのだと言ってちょくちょく人前に出てくるようになった。翠は霾雨の仕事のお供をしているので、必然的に彼も人と交流する機会が増えている。

どちらも目の覚めるような美形だが、厳《おごそ》かな神様の霾雨より、当世風で気軽な感じの翠の方が、声をかけやすいようだ。

その傾向は特に女性に顕著で、美和子や神社の女性職員は「またイケメンが増えたわー」と喜んで、何かと翠に構っていた。翠もご婦人方にそつなく対応するから、さらに人気が上がる。

それで男性陣にやっかまれるかと思いきや、細面の美貌《びぼう》で艶然《えんぜん》と笑みを浮かべれば、男たちはでれっと相好を崩した。

例外は清太郎くらいだ。彼は夜古が霙雨に片思いをしていた間、冷たくあしらわれてベソベソしていたのを見てきたので、未《いま》だに霙雨とその部下には厳しい。

夜古の恋が成就してからは、少し態度が軟化したが、未だに小舅《こじゅうと》のように目を光らせている。

実をいうと、夜古もちょっと翠が苦手だった。軽薄そうに見えるが、霙雨の一番の眷属なのだから、できる妖なのだろう。

しかし夜古は、長らく霙雨と翠はただならぬ関係であると思っていた、いや思わされていたから、今でも二人が仲睦《なかむつ》まじくしている場面に遭遇すると、胸がチクチクする。

霙雨は、翠とは特別な仲ではないと言っていた。霙雨を慕わしい目で見る夜古を遠ざけるために、翠と示し合わせ、芝居を打っていたという。

それで一度は安心したけれど、それでも二人は長い間、夜古が生まれる前から一緒にいたのだ。視線だけで意思を交わすことができるような、そんな信頼を互いの間に感じる。

翠とは本当に、過去にもまったく関係がなかったのだろうか。そんな邪推をしてしまう自分が嫌で、翠と顔を合わせるのもなんとなく気まずい。

しかし翠の方はなんの屈託もなく、姿を見かければ「夜古様ー」と、気軽な口調で近づいてくるのだった。

「どうして、急にそんなことを聞いてくるのだ」

こんがり焼いた油揚げに齧《かじ》りつきながら、夜古はじろっと翠を見た。

「あ、夜古様だけおかずが一品多い。それは笹川《ささがわ》豆腐店の油揚げですね」

翠は答えず、いいないいなー、とぼやく。夜古は翠に取られないように、油揚げの皿をさっと端に寄せた。

「いや、明後日《あさって》は秋祭りでしょ。我々にとって秋祭りっていったら、クリスマス以上のビッグイベントじゃないですか。付き合いたてのカップルなら、なおさら。でも璽雨様から祭りの話をいっこうに聞かないし、どうなってるのかなって思って」

翠の表現はどうも人間的で、夜古にはいまいちよくわからない。首を捻《ひね》っていると、清太郎が横から解説してくれた。

「ほら、恋人同士でデートするでしょう。特別な行事の時はデートも張り込みますよね。人間のカップルだと、プレゼント交換したり」

「でえと」

それなら知っている。恋人たちが二人で外出するのだ。食事をしたり、手を繋《つな》いで散歩をしたりする。神社にもたびたび、仲睦まじい男女がお参りにくる。

だが、霪雨と夜古はまだ、一度もそういうことをしたことはなかった。

お互いの住まいは頻繁に行き来しているが、本殿と末社で同じ神社の敷地内にあるから、わざわざ外で会う必要もないのだ。

「デートか」

できたら楽しいだろう。二人で手を繋いで、縁日を見て回るのだ。

神様の夜古は、基本的にはお祭りを眺めるだけだが、一度だけ、縁日に行ったことがある。

まだ記憶を失って目覚めたばかりの頃だ。祭りの準備に加われなくて、所在なげにしていたら、先代の宮司である宣太《せんた》が、お祭りに行ってらっしゃいとお小遣いをくれた。

祭りは今に比べればそれほど盛大ではなかったし、そもそも商店街もなかった。今ある駅前の商店街の入り口辺りに、大きな荷物を背負ったおばあさんたちが行商に来ていた時代だ。

それでも、神社の前にずらりと並んだ屋台は、夜でも夢のように眩《まばゆ》く、夜古の目には物珍しく映った。

端から端まで何度も見て回り、お小遣いと屋台の値段を見比べて、悩んで悩んで、綿あめとあんず飴《あめ》を買った。本当は、ハッカパイプも欲しかったのだけど、お金が足りなかったのだ。

未練がましくウロウロしていたら、ハッカパイプ屋の主人が「持ってきな」と、タダでウサギの形のパイプをくれた。

——あんた、ここのお稲荷さんだろ。

店主の言葉に気がついた。あれこれ悩むあまり、いつの間にか、しまったはずの耳と尻尾が飛び出ていた。それで正体がバレてしまったのだ。

——お稲荷さんにはいつも、世話になってるからさ。こいつはお供えの代わりだよ。

嬉《うれ》しかった。ありがたくいただいて、パイプは今でも行李《こうり》に大事にしまってある。

「また、縁日に行きたいな。小遣いをもらわなくても、今の俺には金がある。バイトを頑張ったからな。霙雨にも、なんだって好きなものを買ってやれるのだ」

霙雨は、何が好きだろう。綿あめを買ってあげたら喜ぶだろうか。わくわくした気持ちで縁日に思いを馳《は》せる夜古の前で、清太郎と翠は再び顔を見合わせていた。

清太郎がため息をつき、翠が苦笑いをして言う。

「ちょっと色っぽい雰囲気から遠ざかりましたけど。まあ、夜古様がデートに誘ったら璽雨様も喜びますよ」

そんなわけで夜古は、夕飯を食べ終えるといそいそと璽雨の住む杜の祠へ向かったのだった。

「璽雨は、明後日の祭りには行かないのか」

出迎えた璽雨に、開口一番そう尋ねた。本当はもっと直截《ちょくさい》に、祭りに行こうと言うつもりだった。

祠に行く前に心の中で何度も練習したのだが、彼の顔を見たら急に気恥ずかしくなって、そんな言葉になってしまった。

案の定、璽雨は怪訝《けげん》そうな顔をした。

「俺は神なのだから、祭りになど出向くはずがなかろう。そもそもあれは、お前を祀る祭りではないか」

「それはそうだが。縁日は楽しいぞ。俺も一度、行ったことがある。綿あめとあんず飴を食べて、ハッカパイプをもらったんだ」

必死に言い募ったのだが、喋れば喋るほど、想像していた展開とかけ離れていく。璽雨もなんだかわからない様子で、困った顔をしていた。

「そうか。それはよかったな」

「俺のハッカパイプ、見せてやろうか」

「……いや。それはまた、今度見せてもらおう。それより、結界は張れるようになったか」

急に話題が変わって、夜古は押し黙るしかなかった。その様子を見て、璽雨はため息をつく。

「まだできないか」

落胆したような口調に、夜古もしゅんと耳が垂れる。

宝玉を持つ神様は、いろいろな神通力が使える。自分たちの身の回りに結界を張ることもその一つだ。

生まれながらに宝玉を持った神様なら、教えられなくてもできるのだが、元々は神様でなかった夜古には、それができなかった。

神通力を使えないわけではない。ただコツがわからないのだ。

それで、璽雨の指南で結界を張る練習を始めたのだが、これも上手くいかない。何しろ、璽雨はこれまで呼吸をするようにそうした術を使ってきたので、コツというものを上手く伝えることができないのだった。

目の前で何度もやってみせてくれるが、あまりにも自然に、そしていつの間にか結界を張るので、いくら目を凝らしても、いつ何をどうしたのか、さっぱりわからない。

仕方なく自己流で研究し、宙返りしたり、ぐるぐる回ってみたりするのだが、狐の耳と尻尾が出し入れされるくらいで、何も変わらなかった。

璽雨はそれに、「もっと普通にやるんだ」などと指南する。普通ってなんだ、と尋ねても、「もっとこう、力まず自然に……」とかなんとか、頼りない説明が返ってくる。

夜古は自分の住まいでも練習をしているが、成果は未だ表れていない。

「俺も調べてみたのだが、やはり宝玉の大小にかかわらず、神は結界が張れるようだ。お前もコツさえ摑《つか》めば、きっとできるようになる」

「う、うん」

「人との交わりも大切だが、やはり神として、宝玉の力を最大限に操れるようにならんとな。俺も研究してみるから、お前も引き続き頑張って練習してみてくれ」

「……わかった」

優しい声で真面目《まじめ》に諭されて、それ以上、縁日に行こうと言えなくなった。恋だの祭りだのに浮かれて、肝心の神様稼業をさぼっている、などと思われたくない。

霆雨は、懸命に働く夜古を見て好きになった、というようなことを言っていたのだ。

「俺、帰って練習する」

「いや、そう根を詰めなくてもいいが」

帰ると言った途端、霆雨が慌てたような声になったが、夜古は宝玉のある自分の腹を睨《にら》んでいたので、気づかなかった。

「じゃあ、邪魔したな」

「あ、おい」

夜古はくるりと踵《きびす》を返し、走り去った。一人で浮かれていたのが恥ずかしい。でも、勝手な気持ちだけれど、鈍感な霆雨も恨めしい。今まで老若男女、神や妖を問わず遊んできたのだから、恋人の誘いくらい、気づいてくれてもいいのに。

本殿に戻って、結界を張る練習をしてみたが、やっぱりどんなにやっても、結界を張れない。

コツなんて、摑めない。以前、山の女神に襲われて狐の姿に戻ってしまった時も、いろいろと試してみたが、結局自然に人の姿に戻った。

人の姿になりたい、と強く願ったからだと思うが、あの時、どのように宝玉の力を使ったのか、自分でもよくわからない。

結局、沈んだ気持ちのまま練習が上手くいくはずもなく、その日は疲れて眠ってしまった。翌日起きた時にはもう、霾雨は隣町の祝山へ出立した後だった。

朝の掃除をしたらやることがなくて、けれど町中はお祭りで浮き立っている。自分だけ取り残されたような気持ちがして、やさぐれた。

「霾雨の鈍ちん」

草をむしりながら、半ば八つ当たりで言ってみたけれど、当人はいない。それでいっそう、気持ちがぐれるのだった。

祭りの当日になった。神社の前の通りにはたくさんの屋台が組み立てられ、午後になって各所に設置されたスピーカーから祭囃子《まつりばやし》が流れ始めると、ぐっと祭りの雰囲気が強くなった。

祭りの一日目は、日中に神事を行って、夕方から縁日が始まる。

「夜古様も、縁日を回ったらどうですか」

朝から忙しそうに走り回っていた清太郎が、仕事の合間に声をかけてきた。夜古の様子から、デートの誘いが失敗したと悟ったのだろう。

「うむ。俺も手が空いたら、ちょっとブラブラしてみよう。たまには神も遊ばないとな」

本当はそんな気にならなかったが、こんなハレの日に神様本人が沈んでるなんて、縁起が悪い。忙しい清太郎たちを足止めするのも申し訳ないので、空元気を出してみせ、忙しそうなふりをした。

日が傾く頃になると、縁日の準備はすっかり整い、客もどんどん集まってきた。これから夜遅くまで、町は賑《にぎ》やかだろう。

夜古はそっと神社の石段を下りて、縁日の様子を窺《うかが》ってみた。カップルや親子連れ、友達同士で連れ立って、みんな楽しそうだ。

「一人の客はいないな」

前に屋台を回った時は興奮で気づかなかったが、みんな誰かと一緒だ。それで夜古は、すっかり怖気《おじけ》づいてしまった。

一人で縁日を回ったら、通りすがりの人たちから「恋人も友達もいない寂しい奴」などと思われるかもしれない。それで神社の稲荷神だとバレたら、大変だ。

最不ノ杜神社は近頃、縁結びと恋愛成就のご利益が評判を呼んでいるのである。なのに当の神様が連れもなく一人ぼっちで縁日を回っていると知れたら、参拝客が減ってしまうのではないか。

「やっぱりやめよう」

あれこれ考えて、夜古はすごすごと本殿に戻った。

楽しげな祭囃子は本殿にまで響いてきて、ぽつんと住居に一人でいると、なんとも物悲しい気持ちになる。

「そうだ、ハッカパイプ」

あれを吸って、祭りの気分を味わってみようと思った。中のハッカ糖はもうとっくになくなってしまっているが、気持ちが大切だ。

思いついて、行李の奥から大事にしまっておいたパイプを取り出したのだが。

「お、俺のパイプが……」

何十年も、行李の底にしまっていたからだろうか。セルロイド製のウサギのパイプは、夜古が何気なく握った途端、パキッと割れてしまった。

「う、う」

手のひらの上で、ころりとパイプの欠片《かけら》が転がる。それを見て、最後の夢までついえたような、盛大に悲愴《ひそう》な気持ちになった。

しょんぼりと耳を垂れ、本殿の隅でうずくまっていた時だった。

「夜古。入ってもいいか」

本殿の外で、声がした。霆雨の声だ。

「霆雨」

「入るぞ」

声とほとんど同時に、部屋の隅に水が湧《わ》くように霆雨が現れた。反対の隅にうずくまっている夜古を見て、わずかに目を見開く。

「どうかしたのか」

「霆雨ぅ」

男神が腕を広げたのを見て、夜古はほとんど反射的にその胸に飛び込んでいた。

「俺のハッカパイプが」

割れてしまったのだと訴えると、霆雨は夜古の背中を撫《な》でて慰めてくれた。

「劣化してしまったのだな。こういう時に結界が使えると、便利なのだが」

セルロイドの欠片を確認して言う。夜古は大きく目を見開いた。

「結界を張ると壊れないのか」

「通常我々がいる空間と、その場を隔離するということだからな。時だけを共有させることも可能だが、それは上級者向けだろう。このパイプの周りに結界を張れば、これ以上壊れることはなくなる。張っておくか？」

　霪雨が、やってくれるというのだ。少し考えて、夜古は首を横に振った。

「これはこのまま置いておく。もしかしたらもっと壊れて、いつかなくなってしまうかもしれないけど」

　大切にしていたけど、壊れてしまった。そんな悲しい思い出を含めての、このハッカパイプなのだ。

　そう言うと、霪雨は愛《いと》しそうに目を細めて腕の中の夜古を見た。

「ああ。形ある物はいつかその形を失う。だからこそこの神通力は、悠久の時を過ごす我々にだけ与えられたのかもしれない」

　杜の動物も人間も、妖でさえ、神々より先にいなくなってしまう。彼らと共有した時間の証《あかし》も、時が経てば土に還《かえ》るだろう。

　たとえば、亡くなった宣太にもらった、夜古のお気に入りの柘植《つげ》の櫛《くし》。この間、清太郎がくれた古いガマ口財布も。

　神様が悲しくならないために、思い出をわずかに残しておけるように、時の流れを封じ込める結界が使えるのかもしれない。

「まあ、それだけではないだろうが。そういう意味があるかもしれんと、ふと思ったのだ」

しんみりとして話を聞いていると、霾雨は感傷を振り払うようにそう言った。抱擁をといて、「さて」とつぶやく。

「新しいハッカパイプを買いにいくか」

夜古はきょとんと霾雨を見上げた。優しい恋人は、面映《おもは》ゆそうにこちらを見て微笑《ほほえ》んでいる。

「昨日は気づかなくてすまなかった。デートに誘ってくれたんだな」

ようやく気づいたか、と思ったのだが、霾雨はやっぱり鈍かったようだ。

「翠に聞いたんだ。俺はどうも、そういうことに気が回らなくてな」

閨《ねや》でならいくらでも気が回るのだが、とつぶやくから、思わずキッと睨むと慌てて咳払《せきばら》いした。

「ともかく俺もお前となら、祭りに行ってみたいと思う。一緒に縁日を回るのは楽しそうだ。今から、行ってくれるか？」

差し出された手を、夜古はぎゅっと握った。

「うん。行きたい」

さっきまでのしょぼくれた気分は、もうすっかり吹き飛んでいた。

神社の石畳の途中から、オレンジ色の縁日の灯《あか》りが輝いて見えた。縁日は今がたけなわで、祭囃子を掻《か》き消すほどの賑わいだ。

「あの、手」

石段の下の鳥居に差しかかったところで、夜古は少し躊躇《ちゅうちょ》した。本殿を出てからここまで手を繋いで下りてきたのだけれど、人前に出ると意識した途端、なんだか恥ずかしくなった。

「ん？　どうした。デートは手を繋ぐんだろう」

夜古が何をためらっているのか、お見通しなのだろう。一歩先を歩く壐雨は、いたずらっぽく笑って手を離さない。

「恥ずかしがることはないだろう。浴衣《ゆかた》がよく似合っているぞ」

夜古は耳と尻尾をしまって、白地にトンボの柄の浴衣を身に着けていた。祭りに行くならこの格好がいいだろうと、壐雨が出してくれたものだ。

璽雨自身、藍《あい》のかかった濃い鼠《ねずみ》色の浴衣を着ている。後ろ髪を粋に結んで、いつもとはまた趣の違う男ぶりだった。そんな彼についつい見惚《みと》れてしまう。

「やっぱり、璽雨はこういうのに慣れてるな」

連れの手を引くのも様になっている。今までさぞかしたくさんの相手の手を引いてきたんだろうな、と揶揄《やゆ》すると、璽雨は苦笑した。

「だが縁日に行くのは初めてだぞ。人ごみなぞ、以前は想像しただけでゾッとしていたが、お前となら楽しそうだ」

そんなやりとりがあったが、一歩縁日に足を踏み入れた途端、夜古はそれまでの照れなど忘れてしまった。

「わあ」

遠くから眺めるのと、実際に人ごみの中を歩くのとは、まったく見え方が違っていた。両脇《りょうわき》に並んだ屋台はずっとずっと遠くまでのびて、まるで終わりがないようだ。口を開けて見ていたら、向こうから歩いてきたカップルにぶつかりそうになった。既《すんで》のところで、璽雨に引き寄せられる。

「ほら、こっちに寄って」

往来でぐっと腰を抱き寄せられ、顔が真っ赤になったが、周りは誰も気にしていないようだった。

「ハッカパイプを買うんだろう?」

耳をくすぐるような声で囁《ささや》かれる。身体《からだ》が合わさった部分が、やけに熱く感じられた。

「あ、うん。でも、その前にいろいろと見て回りたい」

なんだか自分も、いつもより甘えたような口調になっている気がする。上目遣いに相手を見ると、人に扮《ふん》した男神は婀娜《あだ》っぽい笑みを深くした。

「そうだな。パイプは最後に、俺が買ってやろう」

低い声にとろりとなる。そうして腰を抱かれたまま、しずしずと歩き出したのだが、数歩歩く頃には色っぽい雰囲気が霧散していた。

「あっ、壟雨、あれ! ソースせんべいってなんだ。俺が前に来た時にはなかった!」

他にもフランクフルトやヨーヨーすくいなど、見たことのない店がいっぱい並んでいる。夜古はあっという間に縁日に引き込まれてしまった。

ぐいぐいと壟雨の手を引いて歩き、後ろで壟雨は「やれやれ」と嘆息を漏らしたが、夜古は気づかなかった。

「壟雨は? 壟雨は何がいい? 俺はバイト代が貯まって裕福なんだ。なんでも好きなものを買ってやるぞ」

のんべえだから、甘い物よりたこ焼きや焼きそばの方がいいだろうか。それとも、食べ物より型抜きや輪投げの方がいいだろうか。

ソワソワと相手を振り仰ぐと、霾雨は目を愛おしそうに細めて苦笑していた。

「そうだな。じゃあ、ソースせんべいを買ってもらおうか」

夜古は懐からガマ口財布を取り出し、ソースせんべいを買って霾雨と分けた。初めて食べる梅ジャムは、甘酸っぱくて病みつきになりそうだ。

物の値段は、以前来た時と比べるとびっくりするほど変わっていたが、内職のバイトで貯めた金は潤沢で、想像していた以上にあれこれ買えそうだった。丸いお金の方が価値があると思っていたのだが、どうやら紙のお金の方が上らしい。

無駄遣いをすると清太郎に怒られるが、デートの出費は特別なものだから、許されるだろう。

ソースせんべい屋の隣に輪投げ屋があって、それを二人でやった。

じゃあ次はその向かいのあんず飴を、と夜古が財布を出そうとしたところで、近くにいた若い女たちのグループが、こちらを見ながらヒソヒソと噂《うわさ》しているのに気づいた。「ヒモよ」「ゲイのヒモだわ」などと囁き合っている。

人ならば、周囲の雑踏で聞こえないところだが、あいにくと神様は耳がいい。霾雨が急にむすっとした顔になって、財布を出す夜古を止めた。

「今度は俺が出そう」

「え。璽雨、金を持っていたのか」

昔の貨幣は使えないんだぞ、と説明しようとしたが、璽雨はいつの間にか今時の、洒落《しゃれ》た財布を取り出して、現代の金を払っていた。

「今度から、俺が払おう」

輪投げが終わると、きりっとした表情で言う。

「う、うん」

げいのひも、という言葉の意味は今一つピンとこなかったが、何か璽雨の矜持《きょうじ》に関《かか》わるものだったようだ。

それからは璽雨が積極的に店を回って、何が食べたい？　などと夜古に聞いてくれた。

「璽雨は金持ちだったんだな」

射的や綿あめ、他にもあれこれ買ってくれた。それで懐が痛んだ様子もないので感心したのだが、璽雨はバツが悪そうな顔をした。

「通常の貨幣流通とは違う理《ことわり》の金なので、まあそこは、深く突っ込まないでくれ」

なんだか難しいことを言う。出所はともかく、璽雨に何かを買ってもらうのは嬉しかったので、夜古もそれ以上は気にしなかった。

お腹がいっぱいになるほど買い食いして、最後にハッカパイプの店に行った。

ずらりと並んだ色とりどりのパイプは、形は違えども昔を彷彿《ほうふつ》とさせて懐かしい。たくさんあるパイプの中から悩みに悩み抜いて、黄色い小鳥を選んだ。

「ありがとう。大事にする」

ウサギは割れてしまったけれど、今度の小鳥は素材が昔とは違っていて、丈夫そうだった。何より、霾雨が買ってくれたのが嬉しい。

パイプを首から提げて、二人で手を繋いで神社に帰る。

「思いのほか楽しかったな。来年もまたここでデートをしよう」

石段を上りながら、霾雨が言った。来年も、再来年も。

「うん。必ず」

来る時と同じように、夜古はぎゅっと霾雨の手を握り返した。

後ろに祭囃子と人々の賑わいを残して、霾雨と本殿に戻る。中に入って、何気なく目を落とすと、いつの間にか着ていた浴衣が変わっていた。

「あれっ？」

白地にトンボの柄だったはずなのに、女性の着るような淡い桃色の地に、赤や白の花が散った可愛らしいものになっている。

形もなんだかおかしかった。浴衣なのに、裾《すそ》が膝《ひざ》より上にあってやけに短い。袂《たもと》も蝶《ちょう》の羽のように広がっていて、やたらとひらひらしていた。

いったい、何事かと振り返ると、霎雨が満足そうに目を細めてこちらを見つめている。

「思った通り、こっちもよく似合うな」

「なんだこれは」

「いや、さっき縁日で、若い女たちが着ているのを見かけてな。ずいぶんと奇抜な浴衣だと思ったが、やはりお前が着ると恐ろしく愛くるしい」

「なんだと。やはり女物か」

しかも勝手に、着替えさせないでほしい。抗議をしたが、霎雨はまったく気にしていなかった。

「女物でも似合うのだからしょうがない。可愛いではないか」

「う、変態」

ののしると、霎雨はわざとらしく悲しげな顔をした。

「変態の恋人は嫌か」

「嫌とか、そういう問題ではなくて」

「じゃあ、いいんだな」

「えっ、あっ、ずるい」

抱きすくめられて、唇を奪われた。宥《なだ》めるように身体をさすられ、口の中を犯されると、抵抗できなくなってしまう。

「デートの後は、愛を確かめ合わねば」

露《あら》わになった内ももを、するりと撫でられる。きわどいところまで撫で上げられて、甘い声が漏れてしまった。

「あ、やだ……」

いつもはすぐ夜具を敷いて押し倒されるのに、今日は立ったまま唇を貪《むさぼ》られた。短い着物の裾を割って、霾雨の手が伸びてくる。

「や、あ、馬鹿ぁ……霾雨の変態っ」

浴衣を着替えさせるのと同時に、下ばきを取られていた。口づけで感じてしまった夜古の陰茎が、ぷるんと着物の合わせから飛び出した。

恨めしげに睨んだが、ほんのり赤く色づく先端を擦《こす》られると、それどころではなくなってしまう。霾雨はさらに、悶《もだ》える夜古の胸をまさぐった。

上と下を同時に弄《いじ》られ、立っていることがままならないほどの快感が込み上げてくる。

「霆雨ぅ」

訴えるように見上げると、霆雨は眩しそうに目をすがめ、夜古の唇を吸った。

「祭りに煌びやかな娘はたくさんいたが、俺の夜古が一番美しかったな」

美貌に甘い笑みを乗せ、睦言を紡ぐ。そんなことでは誤魔化《ごまか》されないぞと思ったし、そもそも、娘と比較されるものではないが、霆雨は本気で言っているようだった。

「お前、変だ」

なんだか今日はおかしい。いつもいやらしいが、今日はもっといやらしい。翻弄《ほんろう》されるばかりで悔しくてそう言うと、霆雨はおかしそうに笑った。

「俺も浮かれているのかもしれん。恋しい相手と、こんなふうに楽しい時間を過ごしたのは初めてなんだ」

こちらを見つめる霆雨の金色の瞳《ひとみ》が、きらきらと美しく輝いている。

「恋しい、相手……」

言われた言葉を口の中でつぶやいて、胸がきゅんと跳ねた。

「ああ、恋しい。お前を愛している。お前という伴侶《はんりょ》に出会えて、俺は幸せだ」

「俺も、霆雨。お前が好きだ」

恋しくて愛しい。思っても思っても、気持ちが尽きないほど愛している。

相手の首に抱きつくと、何度も深く口づけ合った。いつの間にか敷かれた夜具に転がって、じゃれるように唇を寄せ合う。

その合間に、霆雨の指がやんわりと夜古の蕾《つぼみ》を押した。

「あ、あ」

敏感なそこを押し上げられ、思わず声が出てしまう。さらに指の先で入り口を擦られると、気持ちよさに襞《ひだ》がひくひくと震えた。

「夜古はここを弄られるのが好きだな」

意地悪くからかうように言いながら、霆雨はなおも後孔を責めたてる。

「あ、んんっ、入り口ばっかり、やだ」

もっと奥を突いてほしい。幾度となく霆雨に抱かれたせいで、夜古の身体は霆雨の雄を受け入れる喜びを覚えてしまった。

そのことがたまらなく恥ずかしいのに、霆雨は敢《あ》えて意地悪く揶揄してくる。

「どこを突いてほしい？　ちゃんと言わないと、上手くしてやれないぞ」

「……じ、霆雨のばか。エロ蛇」

詰《なじ》る口調も舌足らずで甘くなっていて、いたたまれない。

夜古は快感に震える手をそっと伸ばし、霆雨の着ている浴衣の裾を割って、中から太い陰茎を取り出した。細い手で亀頭《きとう》を擦ると、男神は低く呻《うめ》いて咎《とが》めるようにこちらを睨んだ。夜古はそれに、甘えるような上目遣いで返す。

「これで、中を擦って」

鈴口を嬲《なぶ》ると、先端から先走りが飛んだ。霆雨の目に、獰猛《どうもう》な光が宿る。いたずらができないように、ぎゅっと乱暴なくらい強く抱きしめられた。

「夜古、こら。そんな仕草をどこで覚えた」

「霆雨が、いやらしいことばかり言わせるからだ」

霆雨が怒ったように低く唸《うな》った。

「俺の負けだ」

言うなり、仰向けになった夜古の足を大きく開かせる。そのまま腰を抱え上げると、自身の身体を足の間に差し込んだ。

ぬめりを帯びた熱い塊が窄《すぼ》まりに押し当てられ、ゆっくりと入ってくる。

「あ、ああっ」

肉襞を広げて押し入ってくる陽根は、心なしかいつもよりも熱く、大きく感じられた。

「や、ああっ」

待ちに待った快感に、夜古はたちまち精を吹き上げる。後ろがきつく締まって、霆雨がぐっと息を詰めた。

男神の熱い精が夜古の身体に流れ込むのを、夜古はその腕の中で恍惚《こうこつ》と感じていた。


朝起きると、まだ霆雨は隣で静かに眠っていた。

恋仲になって、何度も肌を合わせてきたが、霆雨の寝顔を見るのが初めてのような気がする。美貌の竜神は、まぶたを閉じていてもため息が出るほど美しかった。

間近で恋しい相手の寝顔を見ていたら、幸せがふわふわと膨らんで、今ならなんでもできる気がした。

霆雨を起こさないよう、夜具に包《くる》まったまま、神通力でそっと行李を開ける。中から昨日買ってもらったハッカパイプを取り出した。これくらいのことは、夜古にもできる。

ピカピカの黄色い小鳥を象《かたど》ったパイプを、そっと撫でる。初めてのデートでもらったこのパイプを、このままの形で留《とど》めておきたい。

幸せを中に込めるように何度も撫でると、不意にパイプを擦る指の先が軽くなった。

「あ」

目に見えない膜が、小鳥のパイプの周りをうっすら取り巻くのが、確かにわかった。

「結界ができたな」

隣から声がして、驚いた。

「起きてたのか」

いつの間にか霾雨が、肘《ひじ》をついてこちらを見ていた。

「うん。できた」

嬉しくなって見せると、霾雨はパイプごと夜古を抱きしめる。

「よく頑張ったな」

その声も喜びに溢《あふ》れていて、夜古は誇らしい気持ちになる。

「霾雨」

ありがとう、と小さな声で言った。

今はまだ、小鳥のパイプを守るくらいのささやかな結界しか張れないけれど、霾雨がいっぱい幸せをくれるから、もっとたくさん頑張れる気がする。

「来年もパイプを買おうな。再来年も」

「うん」

そうしたら、壊れたウサギも一緒に、ずっと大事に取っておく。毎年少しずつ、宝物が増えていくのだ。なんて素敵なことだろう。

　愛しい男神の胸に、そっと頬をすり寄せる。温かい手に髪を撫でられて、顔を上げると、璽雨もまた、幸せそうに微笑んでいた。

あとがき

こんにちは、はじめまして。小中大豆と申します。

初めてのアズ文庫は、水神×稲荷神という人外カップルになりました。

読み返してみるとお稲荷さんの夜古は、なんだか食べてばっかりですね。生い立ちが生い立ちなので、「食べ物＝幸せ」なのかもしれません。人間にすっかり餌付けされてる気が、しなくもないのですが。

対する霙雨も、ツンツンしていますが、いいお酒で釣ればすぐにお願いごとを聞いてくれそう（笑）。

ともかく、神様二人が頑張っているので、最不ノ杜や最不和町はこれからも平和が続くんじゃないでしょうか。

ゆるい神様たちですが、書いていて楽しかったです。プロットにGOサインを出してくださった担当様、ありがとうございます。いろいろとお世話になりました。

可愛い夜古とカッコいい霙雨を描いてくださった中井アオ先生にも、感謝申し上げます。

キャラクターのラフ画に狐の夜古と、雷に震える小さい夜古が散りばめられてあったのに、悶絶しました。

そして最後になりましたが、拙作を最後まで読んでくださった皆様、本当にありがとうございました。

少しでも楽しんでいただけたら幸いです。また、どこかでお会いできますように。

小中大豆

みみしっぽかわいいですね
だいすきです

本作品は書き下ろしです。

AZ BUNKO この本を読んでのご意見・ご感想・
ファンレターをお待ちしております。
〒101-0051
東京都千代田区神田神保町2-4-7
久月神田ビル7F
(株)イースト・プレス　アズ文庫 編集部

最不ノ杜《もふのもり》のお稲荷様《いなりさま》と水神様《すいじんさま》

2015年2月10日 第1刷発行

著　者：小中大豆《こなかだいず》

装　丁：株式会社フラット
DTP：臼田彩穂
編　集：福山八千代・面来朋子
営　業：雨宮吉雄・藤川めぐみ

発行人：福山八千代
発行所：株式会社イースト・プレス
〒101-0051
東京都千代田区神田神保町 2-4-7
久月神田ビル 8F
TEL03-5213-4700　FAX03-5213-4701

http://www.eastpress.co.jp/

印刷製本　中央精版印刷株式会社

ISBN978-4-7816-1289-8　C0193

ふるふると狐の耳が震えた。体とソファの間で、尻尾が蠢いているのがわかる。
弱っている時や怯えている時だけではなく、
自分の体がそうやって反応することを理也は初めて知った。

Illustration／MIYUKI KANEMORI

「や、やっ」
怖い。怯えた夜古は、身を固くして
自分を組み敷く男神の腕をぎゅっと掴んだ。
「大丈夫だ。夜古、俺を見ろ」